南昌市文学艺术院作家书系

羽毛

王芸　著

八个跌宕起伏的泪崩故事

这些命如蝼蚁的小人物的人生，并没有苍白如纸

江苏凤凰文艺出版社
JIANGSU PHOENIX LITERATURE AND ART PUBLISHING, LTD

图书在版编目（CIP）数据

羽毛 / 王芸著. — 南京：江苏凤凰文艺出版社，2016
（南昌市文学艺术院作家书系）
ISBN 978-7-5399-9507-6

Ⅰ. ①羽… Ⅱ. ①王… Ⅲ. ①中篇小说－小说集－中国－当代②短篇小说－小说集－中国－当代 Ⅳ.①I247.7

中国版本图书馆 CIP 数据核字(2016)第 171298 号

书　名	羽毛
著　者	王 芸
责任编辑	黄孝阳 汪 旭
出版发行	凤凰出版传媒股份有限公司 江苏凤凰文艺出版社
出版社地址	南京市中央路 165 号，邮编：210009
出版社网址	http://www.jswenyi.com
经　销	凤凰出版传媒股份有限公司
印　刷	保定市铭泰达印刷有限公司
开　本	880×1230 毫米 1/32
印　张	7.75
字　数	155 千字
版　次	2020 年 9 月第 2 次印刷
标准书号	ISBN 978-7-5399-9507-6
定　价	59.80 元

目录

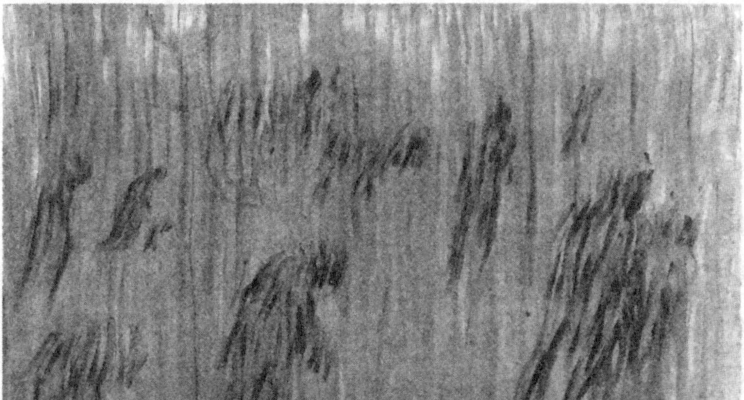

羽毛

今天的治愈课是看电影，《悲伤电影》。电影是乔麦推荐的。按照乔麦的理论，看电影是一种基于移情的有效的心理治疗途径，让人沉浸在别人的故事里流泪，欢笑，愤怒，泪是你的，笑是你的，怒是你的，但电影里的故事丝毫不会撼动你的生活。你是安全的，在故事之外。

“人的幸福感是在对比中产生的。”正是基于这一理论，乔麦推荐的电影都与生活贴肌贴肤，无外乎两类：悲剧或喜剧。前者让你感慨“我们比他们幸福”，后者让你感叹“有什么理由不多笑笑呢”。

电影不错，看到“分手代理”河锡站在辉灿妈妈病床前，说出小男孩辉灿的委托语：辉灿不想离开你，珠荣女士……在场的四个人哭得稀里哗啦。满屋子窸窸窣窣的抽泣声，一直持续到片尾。

宋羽关上屏幕，按亮灯，四个人照例围坐在一起，聊聊。并不聊刚看的电影，而是各自的生活，最近遇到的难事、破事、乐事、傻事、丑事。电影只是一味药，药效自会在每个人心里弥散，即使聊，她们这几个人也聊不出多大的深意。八年时间，来一些，走一些，最后就剩下这么几个铁杆成员，性情各异，层次参差，却像随着时光机不断扭绞的几股绳，也像陈姐手里总没断过的毛线活儿，越绕越紧，越绕越长。每月固定有两天，是她们抱成团绾一个结的日子。别看这一个个结，让看似漫长得没有尽头的时间被隔成了一段、一段，日子就没那么难熬了。

闲聊会照例由宋羽主持和记录。她一握起笔，屋里就安静了。花瓶里那束野菊花在灯光下散发着清寂的气息，仿佛不肯跟这屋子里的一切妥协。这是她上周末在梅岭采的。关一芹每次看见这瓶里的花，就说太寡冷了太隔涩了，"你这屋里要摆那种热烈点的花，活泼点的花，颜色像我这衣服一样鲜亮的花，养眼养气养心，知道吧崽。"她总说下次给你带束花来，又总是进了门看见花瓶才想起来。

只静默了几秒，关一芹攒动两眉，咧开大嘴，"干脆，我先来段新学的肚皮舞，热热场子吧。""又学新手艺了?""是啊是啊，活到老学到老嘛。" "难怪关妹今天一拐进巷子，那动静就镇了满街的人。"

"郎样，陈姐看见唛?""关妹，你那随身听放的甚呢音乐，印度的? 那个闹腾。加上关妹那身打扮，黑礼帽，卡腰马夹，大红满花撒腿裤，从巷口轰轰烈烈地走来，啧啧，那气势。回头率百分之百。"

关一芹低头在解马夹，有颗扣子新补的，大了，费老大劲才从扣眼里挣脱出来。她脸上始终挂着一团骄傲又羞涩的笑，这时猛地抬起头，两朵眉毛攒得像山峰那么高，双手含住劲，牵住马夹往外一展，“哇——”其余三双眼睛都定住了。

一节白白的肚皮，带着颤动的肉感，在舞服、舞裤间喷薄欲出。舞服、舞裤被撑得满满实实，上面缀满了晃人眼睛的亮片、珠串，关姐两手扶腰，将身子抖一抖，它们就像无数小波浪在大红底色上翻滚，缭乱而热烈。就在大家转不动眼珠之时，一阵异域风情的乐声轰然炸响，涨得狭小的空间快要裂开来。一团红影子带着一道醒目的亮白，开始抖动起来，小波浪们争相搅起一股股细小的旋风，空气瞬间变得热气腾腾。风越来越密，越刮越紧，直逼得屋里的人感觉快呼不过气来，不知是谁先鼓起掌，接着“噼噼啪啪”响成了一片，缭乱地击打着节拍。

乐声戛然而止，一个优美的谢幕动作。大红海洋上的那抹白浪花，还在起伏汹涌。满身的小浪花也在雀跃欢腾。细密的汗珠从关一芹的额头、鼻尖上渗出来。

“关姐，学多久了?”“今天第六天，这里完事了，我还要去上课。”关一芹拿毛巾抹额头，抹脸，再抹抹还在颤动的白肚皮，“据教练说，不消一个月，这里就平坦如平原了。”说完咯咯咯笑起来，白浪花和小浪花们又起劲地翻涌起来。“陈姐，最近在游吧?”

陈小凤手里的棒针停了停，撩一下线团，一黑一绿两股线，像是一件毛衣，织了有半截身子。“没。”

“怎么?”几个人的眼睛都聚到她身上。“队里的老方刚走了。”

几个人的目光收回去。关一芹拿手摩挲着那颗硕大的不肯乖乖就范的纽扣。朱春花眼睛盯着地面某处。宋羽将目光落在一朵菊花上，花瓣似乎少了两片，留出一个小小的豁口。

还是关一芹打破静默，“哦，就是你说的那个身体特棒，可以不歇气游上两个小时的老头?”“游泳出的事?”朱春花的声音像她的人一样细小，让人很难想象当年她是怎么将水果刀插进窃贼身体的。

“不是，”陈小凤慢慢织起来，一黑一绿两股线绷得直直的，在灯光下抖动着，“那天他比大家都游得久，上岸还说不过瘾，说秋天是最好的游泳天，天地爽阔，走的时候自行车骑得像风一样。谁也没想到，”小指钩挂着两股线，弯弯地定在半空，“说是早上才被人发现，摔在卫生间里，灯亮了一夜，热水器的排气管一直冒白气，邻居叫门没人应，报了警。医生说是心梗，可怜一个人……”棒针又缓缓地一进一退，小指轻微地颤动，一黑一绿两股线绷得笔直。

一线“呜呜”声像从暗处游出的蛇，朱春花拿手掩面，腰身窝下去。从宋羽坐的地方看过去，她的身体像一个微微颤动的反 C。关一芹走过去，伸出手搂住她的肩膀。宋羽眼窝酸胀，紧紧地盯着那朵菊花，仿佛时间久一点，目光就可以将豁口补起来。

空气里只有一线压抑的“呜呜”声和棒针撞击的轻响。没有人说话。按照乔麦的理论，这时候不要劝，也没法劝。让情绪该来的来，让眼泪畅快地流，比淤塞在身体里好。

朱春花又陷入了失眠周期。失眠已经成了她这辈子摆脱不掉的病毒，情况最好的时候，她每晚可以勉强睡上四个小时，情况不好的时候，整天整晚都清醒异常，即使睡着也是浅睡眠状态，被荒诞的梦境分割得七零八碎。

她尝试过很多种方法，中药、西药，正规医院的、乡野游医的，科学的、迷信的，庄重的、稚气的，都不管用，没法将这病毒从她身体里清除干净。是宋羽将她介绍给乔医生的，乔医生说很多人治愈不了的失眠是一种心理疾病，她知道，也相信，却无法改善。

了解她经历的人都能轻易指出那个根源，可帮不了她。按照乔医生的理论，所有的心理病征最终只能靠自解，只有自己才能解救自己。对于那个根源，大家只知道个大概，惊心动魄的，血渍模糊的，但所有的过程、细节、影像、声音，只存储在朱春花的身体里，它们在时间的绵延中繁衍着一种叫失眠的病毒，时疾时缓，不知疲倦。

除非删除记忆，否则这辈子她都无法摆脱这病毒。这就是朱春花的绝望之处。

乔医生也尝试过很多种办法，最后对她说，“你还是去找宋羽吧。助人自助，比单纯的寻求心理帮助有效。”于是，她在这个最初被命名为“幸存者联合会”的团队扎下根来，转眼八年。

除了宋羽，她比其他人资历都老。她们共享彼此的伤痛，其实伤痛是比幸福更强力的粘合剂，很多人就是在疗治伤痛的过程中走向彼此，仿佛是伤口分泌的汁液将她们粘合在了一起。果真像乔医生说的，在感受别人的伤痛时，她自身携带的伤痛就会减减速，有了缓冲的可商量的余地。

“你跟我去参加公园的空巢协会吧，大家彼此做伴，唱唱歌，跳跳舞，下下棋，打打牌，说说话，挺好的。人在这世上不能少了伴，你看我，这么多年幸亏有关宇，都说他是我一辈子的负担，我可不这么认为，很多时候，我们以为是孩子需要我们，其实是我们需要孩子，年纪越大越是这样……”关一芹的热活劲儿感染过她，可到了她身上却存不住，怎么也暖不了她的身子、她的心。

大家都热心给朱春花介绍过对象，她先是一口拒绝，后来口头上松动了，好不容易去见了面，还是摇摇头作罢，也说不出个理由。她口拙。年复一年，她还是一个人。最难熬的是夜晚，她总是在店里待到很晚，等周边的店铺都打烊了，灯一盏盏熄灭，马路上看不见什么人影了，才慢吞吞地将门外的东西清进店里，一样一样仔细地码放好，慢吞吞地拉上铁门锁好，陪着地上忽长忽短的影子，慢慢走回家。有时候，她干脆歇在店里，天不太冷的时候，在地上垫几张纸壳，一床被子半铺半盖，反正一个人，反正睡不踏实，睡在哪里都一样。

可是，虽然从心里拒绝回到那间除了暗影还是暗影的屋子，若一天两天不回去，她却又会莫名地感到心里又空又慌，仿佛那里被挖掉了一块。她算错账，拿错东西，摔了茶杯，烫伤手，碰到腿，扭了腰。晚上躺在地铺上辗转难宁，于是，只好叹息着，她又爬起身来一步一挪地将自己带向那个地方。仿佛某种听不见的召唤。

所有人都劝她搬家，她也下过决心，可一天天过去，她还住在那里。甚至连屋里的东西都不曾改变过。这样不需要费任何气力她就能回从前。让盐水一遍遍渍过伤口，也许总会有一天，你不再感觉到疼痛。果然，在无数次眼泪漫漶，痛不欲生之后，她终于可以平静地面对熟悉的一切，如同她和失眠开始和平共处，接受了彼此，容纳了彼此。

“你不必用折磨自己来自我惩罚。那不是你的错。”乔医生对她说。

“我没有……”她哽咽着，继而号啕大哭。

有一段时间，她希望用眼泪淹死自己，却发现一个人根本没有那么多的眼泪，即使她心里悔死了，也流不出足够多的眼泪。她在心里琢磨各种死法，她想尽快和他们父女汇合，是宋羽拉了她一把。宋羽在报上看到报道后，主动找来敲开了她家的门。她以为是办案的警察，她在等窃贼落网的消息，她想知道他是死是活。门外站着一个高高瘦瘦的陌生女孩，在她没来得及关上门之前，女孩说“我是幸存者联合会的，我知道你需要帮助”。

活动前一天，宋羽打来电话让她做好登山的准备，第二天的活动内容是爬梅岭。每次，她情绪波动，失眠病毒烈性发作的时候，宋羽不会关切地问什么，却又总能觉察似的，安排大家去郊外爬一次山。让阳光晒一晒天天窝在小店铺的身子，走出一身透汗，腰腿酸疼得不像是自己的，也许，她就可以睡一个难得的好觉。

“跟我去跳肚皮舞吧。”关一芹还沉浸在跳肚皮舞的热情里，腰上挂的随身听放着喧腾的印度舞曲，走几步扭一扭腰身。她真羡慕关一芹身上的活力。不知不觉，她也笑了出来，说起自己头天算错账的丑事，顾客给了二十，她倒找给人家四十多。陈小凤难得地放下了她的毛线活计，穿一身精神的运动装，说是女儿特地给她买的，“我家附近要有这么个店主，我肯定天天光顾她的店。”

不时有年轻人骑着自行车从旁边驶过，也有三三两两的爬山者越过她们，她们不疾不徐地往前走。宋羽走得快，将大家的水杯都塞进自己包里，每走一段就停在路边等她们。朱春花知道，她和男友以前都喜欢户外运动，一起徒步走过很多国内知名的大山峡谷。她男友失踪后，“户外”成了一个她不愿碰的词。

关一芹将路边的野花插在发丛里，东插一朵西插一朵，咯咯咯笑着，“瞧瞧我这疯婆子！”

朱春花和陈小凤落在最后。“去游了吗?”朱春花知道陈小凤是在陪她。虽然她的年龄比关一芹、陈小凤都小，却是体力最差的一个，关一芹是成天不动不得活的人，陈小凤可以随意在水里扑腾，枯水期还横渡过赣江。

“还没呢，昨天刚送走老方。大家还没心情游。不过没事，已经约了下周三在江边聚。到了这个年龄，对什么没个心理准备啊。”陈小凤笑笑，朱春花看到她鬓边的花白，像一朵背光的菊花嵌在发丛里，“你知道的，这帮人如果不在水里泡泡，骨头都会痒疯的。要不，你也来试试?”

朱春花低下头，露出满脸羞怯，“不了，我还要顾店。”“也不要太辛苦，小宋说上次你给孤儿院的孩子买了不少玩具和书。你自己也过得不容易，我和芹妹日子比你松敞，下次记得叫上我们……”

“银杏！银杏！”关一芹突然兴奋得像个孩子，冲着她们直招手。

转过弯道，一树银杏被阳光照得通体灿亮，耀眼的金黄鲜亮了一山的景致。

“陈姐不是在去游泳的路上，就是在织毛衣。”这是关一芹总结的。确实，这么些年陈小凤不知织了多少件毛线衣毛线裤毛线袜毛线帽毛线手套，它们一经完成就离她而去，陪伴不同的人度过秋冬。即使大暑天，一双手汗涔涔的，毛线涩涩地直挂针，陈小凤还是在织啊织。

原先她靠这个补贴家用，后来进了电厂有了稳定的收入，她还是放不下这个，手闲着也是闲着，而且手一闲心就发慌。她给女儿萌萌织了里里外外的毛线衣裳，不同颜色，不同花样，不同款式，腻得萌萌一度看见毛线衫就哭着嚷着“我不要穿这个”。后来她给亲戚织，给朋友织，给稍稍打点交道的人织，再后来人家都作兴去商场买了，辛辛苦苦织出来的东西拿给人家，人家反倒一脸难色。还是关一芹建议她专门织毛线保暖鞋，织毛线手套和保暖帽，由她负责推销给认识的大妈大爷，光空巢协会就有几十个，再由他们一带三、三带六，手织的毛线活儿在那辈人眼里还作兴。

手里这件，是给女儿的婆婆织的。女儿专门挑的貂绒毛线，拜托她织两件，一件给婆婆，一件织给陈小凤自己穿。守着个手艺这么好的妈，萌萌却没学到半分，她说打小看妈妈织毛线，看都看腻味了，哪里还肯上手。

陈小凤织的最艰难的一件毛线活儿，至今搁在箱底，每年梅雨季前后她都会在太阳天拿出来晒一晒，定时换上新的樟脑丸。这一件，谁也没穿过，该穿它的人早一步去了另一个世界。正是因为没能及时让他穿上，她心里一直愧疚，那时候紧赶慢赶的都是给别人做的活儿，就为多赚点钱，心里想着要给老赵织一件，原来那件领口已经补了好几次，袖口也是，可一直拖一直拖，谁曾想会有一天来不及。

老赵走的时候，萌萌才五岁大。懵懂得不知道从此失去了最亲的亲人，只是腻着她，一步都不能离。老赵这一走的最大功德，不是仅挽救了一间锅炉房，一个上千人的厂子，而且也安顿了她们母女俩。原本是农村户口，找工作比登天还难的她，进了国营大工厂，女儿一直被抚养到大学毕业不说，也被安置进了厂，一辈子算是有了靠。有人说她有福气，可这福气的代价太大了，她真是不愿消受。她这半辈子最大的遗憾，就是没能让老赵穿上一件新毛衣离开，虽然那身子被大火烧得面目全非。她和着泪水织完那件毛衣，从没下水洗过，如果舔一舔，还能尝到眼泪的咸涩吗?

从一开始，她就打定主意，带着女儿过完下半辈子。她不奢求有人夜夜为她暖被子，她可以为女儿暖，她也不奢求有人为她扛米搬煤气罐，多歇几次她一样能爬上五楼，她不奢望大雪天有人帮她载女儿去学校，实在骑不动的时候她可以和女儿手挽手走回家……女儿争气，成绩一直不赖，顺顺当当遇上祁兵，虽然是从一个小县城出来的，可人踏实质朴，心肠好人孝顺。如今三口人住在两居室的屋子里，对于她们这样残缺太久的家庭，已经是最好的圆满了。

迷上游泳是在前年秋天。关一芹领她进的门，还没等她和游泳队的人都熟识起来，关一芹倒自个溜出了门，找新乐子去了。

陈小凤是那种一旦迷上就会迷到底的人。她底子好，打小在家门前的河汊里捕鱼捉虾，晒得像条小泥鳅，倒是进了城，很少有机会和水亲近了。厂里有个人工湖，厂门外卧着条小河，水绿得似墨，常年漂着可疑的白沫。听人说河的上游有几个暗藏的排污管口，一到夜里就哗哗地往外排废水。这水看了就让人心里起腻，哪有胆子去泡。芹妹子说游泳队的人自有讲究，他们游的可不是普通的河湖，人家不论寒暑都在赣江里泡着呢。

陈小凤只知道暑天人们恋水，贪凉，大冬天的还光溜溜地往水里窜，那不冻成冰坨子？关一芹咯咯咯笑，“陈姐，你这就落伍了，人家冬泳还是一项体育运动呢，那些游泳队的人别看年龄奔六奔七了，个个在水里生龙活虎的。我保证，你跟着他们游上一年半载，肯定白发变黑，什么心口慌、腰腿痛、静脉曲张统统没影了！”

游了三个月，陈小凤发现几天不下水泡泡，还真会痒到骨头缝里去。到了水里，再老的人也变成了孩子，像被抱拥在妈妈的怀里。那是一种随身贴肤的柔软，那是一种严丝合缝的抱持，那是一种无言的交流。在地上姿态拙重僵硬的她，一旦到了水里，身上的每个细胞都被激活了，关节像上了润滑油，皮肤也有了光泽。她跟着他们游出二十米、五十米、一百米，最疯狂的一次，她跟着他们，排成大雁群般的“人”字形，一起游过了枯水期的赣江。

女儿说妈，还没看你这么兴奋过。她一直将自己含得紧紧的，生怕女儿靠在身上时自己会倒下，会软掉，她以为自己是铁，到老来才发现自己其实是鱼，遇水则活的柔软的鱼。

毛衣刚织完正身，亲家公出事了。他骑自行车出门，不小心摔了一跤，原以为没什么大碍，不想一天后突然头晕，之后就是人事不省，竟然很快走了。女婿是家中独子，赶回去办丧事，女儿也跟去了，屋里一下子空下来。陈小凤有些不习惯，一天三个电话问情况。丧事都还顺利，就是那边独剩下亲家母，在悲痛的当口精神恍恍惚惚的，女儿说祁兵有些担心，恐怕要多陪两天。陈小凤不好催女儿回来，女儿女婿这一走仿佛将屋里的活气都给带走了。一个人待在空洞洞的屋子里，确实不是个滋味。

陈小凤不舍得将灯都打开，就将电视机的声音开得大大的，慢悠悠地织毛衣。耳朵里惦着手机响。真不知这些年，朱春花一个人是怎么熬过来的。难怪她才五十出头，头发都半白了，腰背也有些佝偻。

刚认识朱春花时，觉得她看起来闷声不语的，说起话来声音怕惊动了蚂蚁，眉眼间总像含了悲戚。后来才知道，几年前一个窃贼半夜摸进他们家，先被起夜的女儿撞见了，窃贼慌得拿沙发上的坐垫捂住孩子的鼻嘴，孩子拼命蹬踹，等她和孩子爸听见动静赶过去，孩子已经瘫在那里失了神。她发疯般冲过去，怎么摇孩子都没反应，孩子爸和窃贼缠打在一起，她听见身后一声烈响，柜子被撞倒了，孩子爸歪在墙角，身下游出一弯血线，她吓呆了，看见窃贼想夺门而出，才猛地醒过神来，抓起桌上的水果刀直扑过去，她不管不顾地挥动手臂，纷乱的头发将她的视线切割成碎片。她隐约看见是一张略带稚气的脸，从近在咫尺的失形的嘴巴里喷出一股浓烈的烟气，混杂着酸腐气。她的手臂被钳制住了，她拼命地挣扎，某一瞬间，她感觉手一松，刀依着惯性向前扑去，扎进了眼前那个身体，可是很快她的视线里只剩下一抹昏昧的屋顶，她躺在地上，稍一动弹就感到一阵剧痛。她微微抬起头，瞥见门敞开来，外面是幽深的一片黑暗。等她再醒来时，躺在医院里，有人告诉她，孩子和孩子他爸都走了。窃贼还没抓到。

如果换作是自己，陈小凤不知道能不能独自挺过这么多年。那个窃贼是在几年后落网的，由另外一个案子牵出来。当年那一刀扎在他的肋骨间，留下一道疤痕。警察通知朱春花时，朱春花执意要去现场辨认。宋羽陪她去的。她们站在单面可视玻璃后面，一个看起来神情萎靡不振的青年，瘦得颧骨突出来，眼睛下面两汪浓重的暗影。警察说他吸毒，盗窃是为了筹毒资。

是他吗？宋羽问朱春花。朱春花已是泪水漫漶，紧紧咬住下嘴唇，摇摇头，又点点头。那天她从警察局出来，就去了墓地。跪在一大一小两个墓碑前，久久不肯起身，嘴里喃喃低语。那一天，宋羽才知道，她一直在深深地自责。警察说窃贼不是撬锁进去屋里的，门锁完好无损，后来朱春花想了又想，那天是她最后进的屋门，她收拾好厨房去倒垃圾，她记得听到了门锁撞响声……无数个难以入睡的夜里，她爬起来，在黑暗中一遍遍重复进门、关门的动作，一遍又一遍。常常机械地做着，做着，泪水无声地挂满了脸。

在警察局，朱春花只要警察问嫌疑人一个问题，他是怎么进屋的。对方嗫嚅半晌，摇摇头说，不记得了，真不记得了。

终于熬到周三，陈小凤起了个大早，将东西收拾进袋子里。过不一会，拍拍头又想起一样，找出来放进袋子。一上午，屁股下像安了陀螺，坐不稳当。中午早早地煮了一大碗鸡蛋挂面，想想又加了个鸡蛋。十二点刚过，她就出了门。

江心的滩涂上多了几只振翅欲飞的白鹭，远远看去像真的一样。近冬有点枯瘦的江景，顿时明朗了许多。

队友陆陆续续都来了，神色间都有股欢喜劲儿，热情地打招呼。陈小凤最后一个下水，她穿着老式的连体游泳衣裤，裤脚遮住了半截大腿，可还是有些不习惯，总是等别人都在水里扑腾了，才解除自己的武装。

几天没来，水见了凉意。一阵惊凉由皮肤猛刺进心里，可是莫名的舒服，几日来仿佛锈住的身体重新被江水唤醒了，渐渐，生出了暖意，均匀地流布到全身。

陈小凤仰躺在江面上，不疾不徐地挥动着双臂，双腿悠悠踩踏着。她看见干净的天空上卧着几朵白云，太阳隐在其中一朵的后面，近乎透明的胭脂红色。

真美啊！老赵你看见没？她在心里说。

一条视频在网上疯传，关一芹看到时转发数已经破百万。她毫不犹豫地转了，还叫关宇看。她总觉得关宇心里敞亮着呢，只不过表达不出来，再明白的心思、再清晰的话语，经过他的身体一过滤，从舌尖上淌出来的就只剩了“咦咦哦哦嗯嗯啊啊”的意义不明的语流。这是没办法的事，用一部电影里的话说，“他是被上帝选中了。”乔麦也说，这就像中彩票那么难。

关一芹没想到关宇会那么兴奋，一个劲地拿手戳指电脑屏幕，手指颤颤歪歪的，但每次都点在那根洁白的羽毛上。相比于越来越庞大复杂的树枝架，那根羽毛显得那么轻盈，在半空中微微颤抖着，关宇的手也颤抖着，猛力戳向羽毛，关一芹甚至听见了手指头碰撞屏幕的声音，直到最后，视频中的女人一伸手，轻盈地取下羽毛，整个树枝，一直在空中颤动却保持了奇妙平衡的树枝，瞬间分崩离析。

关宇“哇哇”大叫起来，两手呈鼓掌状触碰着，并瞪大眼睛看着她，用手拽她的衣服，用劲拽向屏幕，仿佛要将她拽进视频里去。关一芹有点矫情地承认，那个女人长得像她，只是一身素色的布衣布裤与她惯常的打扮相去甚远。她几乎可以肯定关宇是将视频里的女人当成了她，才会那么兴奋，才会那样鼓掌。但她没想到，关宇会迷上这个视频，迷上那根羽毛，似乎看一百遍、一千遍、一万遍也不厌倦。这个视频成了一个可以控制他情绪的开关，每每他生气的时候，只要关一芹点开这个视频，他的一切负面情绪都在瞬间消失不见，他变成了那个守着玩具喜笑颜开、满面惊奇兴奋的孩子。

当关宇目不转睛盯着屏幕、嘴巴微微张开时，关一芹会看着关宇的脸，带着几分欣慰几分酸涩还有几分习惯的淡漠，这么多年她已经习惯了他的一切动作神态语言，她身体里的某个地方经历了千磨万磨，已经不会轻易惊动了。但她还是有一点迷恋这个时刻，如果不知道过去也不忧虑未来，这一刻看起来是美好的，关宇仿佛一个没有任何缺陷的孩子，他和那些邻居家的孩子一样，仅仅沉浸在一种痴迷状态而已。她看见他的脸被兴奋照亮了，她看见他的眼睛里亮晶晶的，好像那里栖落着一根羽毛。白亮的羽毛将他的整个瞳孔占满了。

念头是在某一瞬间钻出来的，它一定在她的潜意识里发育很久了，一直在寻找时机钻出她意识的表层。念头一冒出来，就再按捺不下去了，它拼命地挣啊挣，长高长茁壮，就像她头脑里曾经冒出的无数个念头一样，关一芹马上开始采取行动了。

关一芹的招牌话语，不每天给自己找点乐子，这臭日子怎么打发？这么些年，她学过剑舞，跳过国标，扭过秧歌，练过书法，溜过旱冰，玩过悠悠球，绣过花，裁剪过衣服，种过菜，养过鸡鸭鱼猫狗兔，放过也做过风筝，演过扇子舞，参加过合唱团，玩过剑，打过太极，摆过多米诺骨牌，捏过土陶，当过志愿者，正学着肚皮舞呢，一根羽毛以轻盈又不可忽视的力量战胜了她对肚皮舞的满腔热情。现在，她要挑战新的难度了。弄这些，一半为自己一半也为关宇，她享受每一次将新手艺带到关宇面前时，他兴奋惊诧得像个孩子的表情，而她会被成就感充满。有时候她觉得自己是世界上最幸福的妈妈，有哪个孩子会这么忠诚地一直给予自己的妈妈掌声？

为了配合新项目，关一芹做了一套中式的布衣布裤，完全是模仿视频里的式样。不说，她穿上身、没有咯咯咯大笑的时候，还真像那个女人。可是从哪里去找那些树枝和羽毛呢？这成了下一次闲聊会上大家重点议论的话题。最后是宋羽应承下来，答应帮她联络一下那些做户外的朋友，看在国内或是国外能不能找到这些材料。

十三根长长短短的树枝和一根羽毛被千里迢迢运到时，轰动了整个学校。关一芹提前和紧邻小区的小学的校长说好了，树枝可以放在学校的体育用品室，也只有这样的空间安放得下这么长的树枝。体育老师还为关一芹配了一把钥匙，她随时可以去取用，而且，体育室外面就是辽阔的操场，每当夜深人静的时候，这里是最好不过的训练场所了。关一芹乐呵呵地向校长承诺，如果成功，她的“处女秀”将献给这所小学的舞台，让全校两千多名学生一起“见证这奇迹的时刻”。

校长之所以这么通情达理，是因为关宇是这里的一名特殊学生，他从五年前走进课堂，始终坐在同一间教室的同一位子上，周围的同学年年换新，老师也走马灯似的换，只有他岿然不动。

起初，校长也不同意这样一个智力不到五岁孩子水平、实际年龄和身高都达到十三岁程度的孩子走进课堂，可耐不住关一芹十次百次天天坐在他家门口堵他，并承诺只要关宇能进课堂，一学年捐给学校一万。关一芹说不求关宇认几个字，不求他会数手指头，这些她都不去奢望了，她只想他每天有孩子陪伴在身边，而不是被孤零零地隔绝在家里。她也不想他没有过一天上学的生活，哪怕他到生命的最后都不知道上学对于他的意义，她还是要让他坐进课堂，让他体验上学的滋味……关一芹没有哭鼻抹泪，一番重复了上百次的话，每一次都说得铿锵有力条理清晰在情在理，这让校长感受到了这个女人身上不同寻常的力量，最终点了头。

开始，关宇闹过，以他特有的方式。他在课堂上不停地发出"咦咦哦哦嗯嗯啊啊"的聒噪，或是发出毫不节制的轰轰烈烈的鼾声，在不够宽阔的桌椅间发狂般地扭动他笨重的身体，莫名其妙地摔打同学的文具书包课桌椅和他们的身体，冷不丁地旁边同学闻到一股浓烈的屎尿味……这是一段相当漫长的让任何人都感到痛苦不堪的过程。老师叫苦，学生叫苦，家长叫苦，校长叫苦，还有不知道怎么叫苦的关宇，几乎没有人觉得这是一种值得坚持的选择，除了关一芹。她找校长，找老师，找学生，找家长，没有人不惊异于这个仿佛从没流过眼泪的女人身上展现出的力量。好在终于熬了过来。

关一芹在课堂上陪伴了关宇一年之久，才慢慢地尝试离开。开始是十分钟，慢慢地一节课，慢慢地两节课，慢慢地一个上午，慢慢地一天……久之，关宇终于习惯了日复一日的校园生活，每天乖乖地起床穿衣，背上书包去学校。而他，也成了这个学校的一个传说。很多孩子还没跨进这所学校的大门，就听说了这么一个奇异的同学，从心理上产生了认同感。

树枝事件不过是给这传说增加一点新的调料罢了。生活很快又回复了平静。只有学校的门卫知道，每天夜里，月亮快爬上操场边那棵杉树顶的时候，关一芹摸黑来到了学校，借着月光开始她的训练。那时关宇已经睡下了，门卫也准备睡了。关一芹说服门卫让她去配了一把大门钥匙，这样她进出时，就不用门卫费事起来开门了。门卫常常在梦醒的混沌瞬间，仿佛听见树枝砰砰撞响的声音，又像是铁门开合的撞响。他含混地嘟囔一句，翻个身又沉入了梦乡。

陈小凤的女儿女婿回来了，不是两个人，是三个人，还带着亲家母。

两居室的屋子，加一个人就显得有些紧巴巴了，转个身子都要小心翼翼。床也不够睡，陈小凤和亲家母挤在一米五的床上，听着身边人辗转来辗转去，整夜睡不了个囫囵觉。女婿有些不好意思，悄悄说，妈委屈您了。陈小凤不好说什么，看亲家母确实一副神思恍惚的样子，眼泪含在眼眶里，再想想自己刚离开老赵那段日子，还能说什么呢。

女婿悄没声息地在附近租了个小套间，厕所是三家公用的，说晚上自己住过去，陈小凤可以和萌萌睡一床。陈小凤一听这哪是个事啊，就说自己住过去。可女儿心疼她，不依。又没有让亲家母住过去的道理，她人生地不熟的，又在伤痛的关口上，女婿自然也是不放心。女儿女婿在她和亲家母面前装作没事的样子，其实她知道，小两口暗地里为这事在闹别扭。

转天，陈小凤闷声不响地清了一套被褥，收拾了几件衣裳，还有快收尾的织给亲家母的毛线活儿，女儿买给自己的动都没动的貂绒毛线，叫了个三轮车一起搬到租屋门口，这才给女婿打电话。女婿一脸愧疚的表情，闷头将东西搬进屋里。一切收拾妥了，陈小凤才给女儿打电话，“别怪祁兵，我和你们一起住了这么些年，也想清静清静了，反正隔得近，过来过去的都方便……”

女儿在电话里头哭，陈小凤安慰了一阵，总算是安妥了。她知道女儿心疼她，可她也不能让女儿女婿为难。一个人搬出来，嘴上说没事，可孤零零面对满屋子的陌生，原本觉得圆圆满满的日子突然间有了个豁口，冷风飕飕地直往里灌。她对自己说，没事没事，过过就习惯了。什么样的日子不能习惯呢。原来她以为离开了老赵就没法过了，如今不也一样走过来了？

朱春花连着去了两次孤儿院。小花病了，拉肚子，发烧，吃了药安静地躺在床上。朱春花坐在床边握着她的小手，这孩子长得像她女儿，眉毛像，鼻子像，就是嘴巴薄一点小一点，上嘴唇上有个小豁口。她给小花剪了齐流海，小花捂住嘴笑的时候，那样子就更像了。

也是宋羽将她引到这里来的。对宋羽，她有说不出的感激。这个高高瘦瘦的女孩，恐怕是她见过的最固执的人。第一次出现在她家门前时，她还以为宋羽是个没毕业的大学生。说实话，她不明白宋羽为什么要帮她，她们无亲无故，仅仅因为报上的一条报道，宋羽就慷慷慨慨地伸出了手。她在心里怀疑过她，警惕过她，拒绝过她，每天报纸上有多少关于上当受骗的报道啊，如果不是宋羽一次次主动来找她，固执地要帮她，这根线肯定早断掉了。人这辈子遇到那么多人，有多少不是擦肩而过或者半途断掉了。后来她才知道，宋羽创办这个“幸存者联合会”，是因为她失踪的男友。

在一次独自出行后，男友再没了任何消息。宋羽尝试过千百种方式寻找他，在一切可以登载寻人启事的媒介发布消息，不放过任何可能的线索，跟踪每一条户外路线的讯息，追问任何一个可以联系上的人。可是没有，那个活生生的人像是水汽蒸发了一样，再无任何消息。人们有很多种猜测，小宋却只相信一种：他迷路了，他正在这世界的某个角落，他需要她的召唤。

这些年，她从未放弃过对他的召唤。陆续地，也收到了一些反馈的信息，有热心人寄来照片，或发来邮件，在 QQ 上留言，比如，在某个偏僻小镇突然降临的一个陌生背包男人，路途上孤独行走的年轻男人，坐在路边喝啤酒的有着满面络腮胡子的男人，打扮怪异的独宿在大桥下的男人，昏迷在路边的戴墨镜的男人……不是，他们都不是宋羽要找的人。

宋羽一度陷入崩溃的边缘，他一定知道她还在傻傻地等她，为什么不发来一丝消息，为什么那次出行前不告诉她去向，甚至没有告诉她为什么要独自上路。她想不明白。乔医生告诉她，“助人自助，你如果真的想坚持到有他消息的那一天，就去帮助别的需要帮助的人……”

“幸存者联合会”首先在网络上诞生，有人因为好奇来叩门，有人因为无聊来探听，有人因为恶作剧来骚扰，还有人攻击这是一个伪装的以卖淫为盈利目的的“性联”，表面堂皇内里肮脏，风风波波，宋羽都承受住了。网络太过虚幻，她开始在身边寻找那些需要帮助的人，从报纸上寻找线索，她遭到过拒绝，猜疑，辱骂，被人叫神经病，可最终，还是有那么几个人选择了相信她。八年来，来一些，走一些，最后就剩下这固定的几个姐妹，她们抱成团取暖，感受彼此的体温和心跳，如同没有血缘的亲人。

从孤儿院回来的时候，朱春花去批发市场买了两斤毛线，想拜托陈小凤给小花织一套毛衣裤，前年织的那件毛衣已经吊在孩子腰上了。她告诉小花，有个阿姨正在帮你联系一家医院，可以免费为你治疗兔唇，只需要做个简单的手术就可以了。曾经，她和小花说，兔唇是特别的标记，只有很特别的孩子才能拥有，你是被上天选中的孩子，你应该骄傲。可是小花睁大眼睛，“阿姨，上天为什么选中我？我想和别的孩子一样……”

乔医生说，每个人都是被上天选中的，否则他就不会来到这人世。我们要做的，就是骄傲地看待自己，接受自身的残缺，接受生活的残缺，接受命运的残缺。可是，朱春花不知道该怎么告诉小花这些，也许要等她走过了足够长的岁月，经历了足够多的人事，才能明白这一点吧。

元旦，宋羽提议就在她的工作室来一次聚餐。大家各展手艺，做一道拿手菜，再焖个鸡汤就足够了。

她和关一芹负责采买，陈小凤和朱春花负责收拾。她特地准备了两把剪刀。每次聚餐都是这样。从那个夜晚后，朱春花就不能碰刀了，任何一种形式的刀，可以看，却不能触碰，因为手会在瞬间抖得厉害，抖得她仿佛将失去对整个身体乃至生活的控制。

朱春花吃过很长一段时间素，后来在医生的建议下才恢复了有限的荤食。她可以灵活地用剪刀将肉剪成片状、丁状，鸡鸭剪开肚腹整只烹煮，鱼也用剪刀剖腹刮鳞，用剪刀剪断蔬菜梗，水果洗干净了直接吃。她证明了没有刀一个人完全可以生活。

关一芹这段日子显得有点神秘，每天穿一身粗棉布中式衣裤，里面塞进了毛衣和薄羽绒内胆，撑得衣服蓬蓬肿肿的，看起来有点别扭，可她固执地不肯换装。随身听里放的是一段古琴曲。问她最近在忙活什么，穿越到古代了吗？她含笑不语。问紧了，咯咯咯一串笑，“过些日子，过些日子吧，我会让你们大吃一惊的。”

她练习的事，没告诉关宇。她要让关宇惊喜。她也没有告诉“幸存者联合会”的姐妹们，和她在空巢协会的同伴们，这一次她含住了劲，要给大家一个完完全全、结结实实的惊喜。

她从包里拿出三瓶红酒，一一摆在桌子上，“来，今天一醉方休。”

“你家关宇呢，你醉了，他可怎么办啊?”

关一芹使劲绞扭着瓶塞，“他爸接去了。”

“他爸?”几个人都愣住了。

“咯咯咯，你们以为关宇是树缝里蹦出来的，还是外星人送来的?他当然有爸爸了，只不过这王八蛋一见儿子长得不利索，三岁了连个爸妈都不会叫，吓得躲没了影，等关宇十岁了，才不知从哪个旮旯里钻出来，说什么良心发现，他这些年运气好赚大发了，想用钱补偿孩子，我不要，我那套房子的租金够我们母子过了，我大大气气地指着他鼻子让他滚，”关一芹丢下开了半拉的瓶塞，站到屋中央，端起架势，“你不马上、赶紧、立刻给我滚的话，信不信我把你的鼻子剁下来！咯咯咯，结果他丢下一扎钱落荒而逃。今天这酒，就是用那王八蛋的钱买的，不喝白不喝。”

“那……”

“他偷偷去学校看关宇，我装不知道，毕竟是父子，不为了他也为了关宇，这口气我可以忍。大气吧，我这疯婆子，咯咯咯。”

“你们离了？”

“没，好几年连个人影子都找不着，怎么离。不过我知道，他早有了人，男人啊，不像女人，一个人哪里活得了。不说那王八蛋了，来，我们干杯，为无限无限美好的新一年！”

几只红盈盈的酒杯，在空中撞击出清脆的声响。几个女人直喝得满面酡红，闹腾出一屋子的暖意。

冷不丁地，关一芹伸过酒杯和宋羽的重重一碰，“小宋啊，我为你遗憾的不是别的，不是什么让时光倒流，也不是什么奇迹出现，而是，如果今天有一个孩子陪在你身边，可能一切都会不一样。不一定更好，但，也不一定更糟，呵呵，我是这么想的。新生命可以让你忘记一切伤痛！”

“关姐突然变得这么郑重其事，倒吓了我一跳。”宋羽淡淡一笑，将半盏红酒一饮而尽。关一芹还想说什么，被陈小凤用目光制止了。每个人都有她不愿触碰的地方，旁人最好的呵护方式是尊重。

“小宋，你看，这么些年，一直想说谢谢你！”朱春花举起酒杯。

“朱姐，啥都不用说。小花的事联系得差不多了，正好一家医院有个公益项目，过几天就有确切消息了。”

“小宋，我口拙，但心里明白，这么些年，你对得起他了，往前看吧，像你和我们说的，日子是往前的不是往后的……”

“朱姐，我都明白，可人有时候理智是一回事，感情是一回事……”宋羽说不下去了，一甩头，“来，干杯！”

几只酒杯碰贴在一处。

“我，我今儿唱个歌吧，小时候在乡下听阿嫲唱的。睡不着的时候，我就会自己给自己唱，今天我就献个丑吧，代表和大家说一声‘谢谢’。”朱春花满面羞红，腰背缩得更紧了。

噼噼啪啪的掌声响过，屋里静了。一线天籁般的清音响起。

哦——依诶——依耶——细仔诶———，哦——依诶——依耶——细仔诶……

关一芹沮丧地坐在草地上，散落一地的树枝被月光勾出明明暗暗的轮廓线，像散碎开来的某种庞大动物的残骸。三个月了，她还一直在失败。每一根树枝的成功落定背后都是上百上千次坍塌。从一根树枝到十三根树枝全部稳妥地就位，她知道自己还有漫长的路要走，只是不知道能不能成功走到头。

羽毛一次次无声地坠落到地面。她的肩背酸痛得厉害。有一些瞬间，她真想砸烂这些树枝，她完全可以放弃，为什么要为难自己。

可是每当看到关宇盯着视频的眼神，她心里那个埋藏了很多年的奢念，就情不自禁地伸了伸头。这辈子，她会有那样的福气吧。

像是为自己打气，每次关宇观看视频时，她都会按下暂停键，在关宇抗议的“哇哇”声中，郑重其事地看着关宇的眼睛，对他说，“如果，妈妈也可以这样，将它们一个一个搭起来，让这片羽毛飞到半空中，你要对我说‘妈妈，棒’，‘妈妈，棒’！记住了吗?”关宇依然“哇哇”地叫着，关一芹坚持着，“要对我说‘妈妈，棒’，‘妈妈，棒’！记住了吗?”仿佛是听懂了，又仿佛不明所以，关宇突然将头点得像栽葱一样，嘴里“嗯嗯嗯嗯”个不停。关一芹这才欢喜地点下播放键，关宇马上沉浸在了视频的情境中。

不管关宇是不是真的明白了，他猛点头的样子还是给了关一芹很大的鼓舞，她又有了气力去完成每晚的练习。三根、五根、七根……她似乎摸到了一点窍门，关键是找到每根树枝的平衡点在哪儿，摸熟了自然就了然于心。可是今晚，很不顺利，她已经尝试了十八次，总是迈不过第七根这个坎。她抬头看着天上的月亮，月亮无辜地看着她。算了吧，今天就到这里。她安慰自己。可是一转念，她又赌气似的站起身来，将树枝一一归置妥当，重新从第一根开始了。

不知不觉，晨雾弥漫了整个操场。关一芹看得见一团团雾气在她的指缝、胳臂、树枝间流转，她仿佛登临了某处山巅，四周一片白茫茫云海。终于，第八根树枝支撑了五秒钟，当她用脚尖勾起第九根时，树枝猛烈地一颤，“哗啦啦”一串响，羽毛在空中划了两弯弧线飘落在地上。关一芹深吸一口气，已经五点半了，她弯腰收拾起树枝，一一搬进体育用品室。踩着满天满地的雾气往回走。

雾真浓啊，让一切都变得模糊也柔和了。又一天开始了。

开楼道铁门时，关一芹仿佛听到一串熟悉的“嗯嗯啊啊”声，吓了一跳。看看四周，白茫茫一片，凝神再听，静悄悄的。她摇摇头，听习惯了关宇的声音，她经常会产生幻听。打开门，她放轻步子上楼，屋门半掩着，心里“哐啷”一下，疾步奔进去。关宇的被子半拖在地上。一摸，床上已经凉透了。

她奔进每个房间，没有，都没有。她转身冲下楼，雾气将外面的世界变成了混混沌沌的一体。她冲进这白茫茫里，大声叫：“宇儿，宇儿……”

街上没有一个人影，关一芹的心凉得像一坨冰，声音里渐渐带了哭腔。这孩子，不好好在被子里待着，跑哪去了？她在门前的马路上奔过来奔过去，到处都是白茫茫、空荡荡的，像此刻她的大脑。叫声渐渐招来了一个人、两个人，都是住在附近的邻里，都知道关宇，大家分头去找，有人建议打110。

电话刚拨通，有人叫起来，“这里，在这里！”众人奔过去，关宇蜷缩在路边的草丛里，一丛绿化带的后面，嘴里发出哝哝囔囔的声响。他睡着了。

关一芹扑过去，使劲拍打关宇的肩膀，关宇懵懵懂懂地睁开眼睛，愣了一刻，“哇”一声大哭起来，一反身扑进关一芹怀里，把她抱得紧紧的，嘴里发出一串“咿咿呀呀嗯嗯啊啊”声。

关一芹的身子还在颤抖个不停，她拍抚着关宇的后背，眼泪滴在关宇的发丛里，“好了好了，妈妈在，妈妈在。”关宇哭得像个三岁的孩子，“哇哇”声里夹杂着含混不明的“哼哼呀呀”，忽然地，关一芹听到一声“妈——妈——”，带了撒娇的气息，但是很快，就被混沌的语流淹没了。她抬起头望着四周的目光，雾气中的一张张脸，想从这些脸上印证她刚刚听到的。可是，每一张脸都被雾气阻隔着，被泪水阻隔着，越来越模糊，越来越混沌。

她只好收回目光，紧紧盯着关宇黝黑的发丛，手臂搂得更紧了。后来，关一芹无数次地回想这一刻。她没想到，自己盼望了那么久的时刻会这样到来，带着大雾的混沌和苍茫。

女儿和女婿晚上手挽手进了屋，带来了刚上市的草莓和红通通的樱桃。女儿一在沙发上坐下来，就偎住陈小凤，抱紧她的胳臂不放，摇啊摇晃啊晃的，仿佛回到了小时候的样子。“今天这是怎么了，发烧啦?”陈小凤笑望着女婿，小伙子脸上也有掩饰不住的喜色。

陈小凤抽出一只手，将叠得齐齐整整的毛衣搁到女儿手里，“正好，给你妈妈的毛衣织好了。老人家怎么样了?”“妈，这件你穿。你没发现吧，我拿给你的尺寸，你穿刚刚好，婆婆呢，要比你胖一圈。就怕您老惦记着给别人织，自己的就拖啊拖，我和祁兵才想出了这一招。是吧，祁兵?”

女婿腼腆地点点头。“我妈说再住两天就回去，也是老家住惯了，家里还有那么多鸡鸭和满园子的菜等着她，她说人一忙起来就没事了，反而是闲着心里才空，才慌。而且……”小伙子拿眼瞅着女儿，女儿嫣然一笑，俯近陈一凤的耳朵。

仿佛一片羽毛拂动着耳廓。陈一凤听见女儿说，“妈，我有了。”

演出十分精彩。关一芹成功搭起了所有的树枝。在她气定神闲堪称完美的表演最后，羽毛被轻轻揭下，整个树枝轰然坍塌。礼堂里传出一阵惊叹声，中间夹杂着关宇“哇哇哇哇”的兴奋大叫。

只是在演出一开始，出了点小小的意外。不过也只是很少一部分老师注意到了。当他们沉浸在肃穆的氛围中，张大嘴巴望着拿起羽毛的关一芹轻轻将它安放在一柄硕大的树枝上时，一个身影突然旋风般刮过他们身边。有人看清了那是一个女人，她拿手捂住嘴跌跌撞撞冲出了礼堂后门。

宋羽突然病倒了，感冒咳嗽发烧。关一芹、陈一凤、朱春花排了个值班表，轮流给她送饭，去医院陪护她。她们像照顾自己的孩子一样，小心翼翼地照顾她。关一芹特地买了一大束呈张翅欲飞状的天堂鸟，金黄的色泽顿时改变了病房的光线和气息。

三十岁生日那天，宋羽已出院回到家。她收到了一份生日礼物。

一个扁扁无奇的信封躺在邮箱里，邮戳显示它来自西藏。打开来，里面有一封简短的信和三张照片。

宋羽看完信，迟疑良久才将照片翻过来。被踩得凌乱或是融残的雪地上，半掩半埋的，依稀是一副骨架。再细看，不是雪地，雪填平了沟壑，也遮蔽了现场，骨架似乎弯折成一个艰难的角度。让人无法在想象中还原它当初的样子；一个登山包的特写，即使从照片上看也能感觉出它枯硬的质感；一只长笛，木质，灰白色的背景，让它显出渊深的长度。

信的落款是张警官，陌生的笔迹和陌生的名字。

宋羽将照片看了又看，那只长笛，在它的尾端，像她知道的那样刻着他姓名的单字吗？还有，一片微微翘起的羽毛。那是她二十岁生日那天，逼着他去纹的，纹在他的右肩胛处，一片微微翘起的羽毛，仿佛正被她的呼吸吹动。

她看了又看。一遍遍告诉自己，即使是他，也找不到了。那片小小的羽毛，早已随着肉体风散，他，只剩一堆白骨。

三张照片在她手里辗转，她看了又看。终于，一声锐利的尖叫从她的身体内部搅裹着血肉冲决而出，“为什么，为什么不告诉我你去了哪儿？为什么……”

控

小霍看到“湫”时，感觉她有些异样。

他早上接到了她的六个电话，第一个电话他解释说快递要晚些送，对方很快挂了。可是第二个电话马上打了过来，好像对方这才反应过来，她问几点可以送到，他不得不压低嗓门告诉她，我在上课，得下午送。对方又一声不响地挂了，他的心刚安定下来，手机一阵揪心的震动，还是她。为什么上午不送？语调不高，但像板结的冰。他怀着愧疚再次耐心解释，上午有课，只能下午送。对方再次一声不响地挂了。可是，接着又是两个电话，中午呢？中午几点？于是，他饭没顾上吃，直接奔向了这栋楼。

他没进过“湫”的房间，虽然住楼上楼下。也不知道她的真实名姓，寄给她的快递上只有一个字——“湫”。往次都是他打电话，她到楼下来拿件或拿件下来，一张清白而细小的脸，半隐在长长的两溜直发后面。她从不抬头看他，签字，抽单，拿一沓空白单子，走人。到楼下，他拨她的电话，没人接，再拨，还是没人接。他看看手上的包裹，一大一小，一个摸起来软乎乎的，一个装在周正的纸盒里。软而硕大的那个，包裹单上写的香云纱，他不知道是什么东西，猜是布料。想想早上的六个电话，他拔腿上楼，故意将楼梯踩得咚咚响，到“湫”的房门前，还没什么动静，他试探地伸出两根手指敲门。

没用力，门就翕开了一条缝。缝隙后面是一团晃眼的黑，他有片刻不知所措，但手臂下意识地碰了下门，缝隙咧得更大了。

屋里黑洞洞的，寂无声息。小霍恍过神来，依稀看见屋里堆满了东西。门左靠墙有三摞比人高的纸盒，旁边竖着几捆布料。左前方的桌上也堆得满满当当，悬悬乎乎，仿佛一众东西随时会跌扑下来。从这两堆物件的夹角看过去，是一张双人床的一角，被屋外射进来的光铺了满床的明暗褶皱，也堆了不少东西。看不分明。

他正待退出掩门，忽然看到貌似一个人的脑袋竖在靠里的床边，垂披的黑，几乎隐没在黑暗深处被他忽略。他身体莫名地抖动一下，心跳加速，再次伸出两根手指叩了叩门，没有回音。皮肤瞬间变得僵硬，绷紧在他的脸上。他站在门口踌躇了五秒钟，进退不是，可还是将一声咳嗽送出嗓子，接着脚步重重地迈了进去，一边大声说：你的快递！

门大敞开来，亮光呈锐角侵进这屋子，正好映亮了那个黑发披垂的头。他心跳如鼓，手臂抢先将包裹送了出去，还是没有动静，莫非……他几乎有些莽撞地将头摁伏下去，不期然和一双亮幽幽的大眼睛近在咫尺。

那眼珠缓缓地左轮一下，右轮一下，像在看他，又仿佛未曾入眼，里面浮着一层雾气。“湫”坐在地上，地上起起伏伏的一地东西，看不分明。小霍的心带着些惊喜跌回原地，内疚重新升起来。不好意思，耽误你了，这是你的快递，两件。

“湫”还是一动不动，并不伸手接快递。你、没事吧？他看着她从黑发后面探出的一抹鼻尖，在黑暗里雪一样晶莹。她还是不发一言，只是缓缓抬起眼帘看了看他，这一眼有点深，仿佛要看进他心里去，但立马飘移了，幽幽地不知去了何处。他觉得“湫”的表情仿佛带了不屑，又仿佛并不是，只是不愿意看到他。也是，谁让他这么冒冒失失地闯进来。她生气得有道理。小霍愧疚地将包裹放在旁边的椅子上，你、你……

他能感觉到“湫”的呼吸，不像有什么异常。他甚至吸了吸鼻子，屋里弥漫着一个年轻女孩所特有的气息，也正常。在这片让人不安的寂静里，忽然，他的肚子不争气地轰响了两下。他更加羞愧了，顾不上包裹单，赶紧转身，半踮起脚跟尽量轻悄地走出来。带上门，让它恢复成原来的样子。

小霍下楼的声音，苏听到了。她正吃完午饭，嘴里充满洋葱炒蛋的气味。小霍上楼的声音她没听到，可能是被轰轰烈烈的炒菜声淹没了。她嘴里叼一根牙签，将头别向窗口，看见了小霍的背影。小霍很少中午回来，这时间不是在学校就是在送快递的路上。她看见小霍骑上像塞满了大小积木的车子，身子一耸一耸地晃出了视线。

这孩子踏实、本分，话少，眼神里充满了对这世界的愧疚，她喜欢，也怜悯。虽然租金即使减半，对他来说也不易，他却是这栋楼里每月按时交钱的第二人。杜总是提前一天，而小霍按着日子，回来再晚也会找她来交钱。按说，这楼里孟师傅一家是宽裕的，租金也廉，却喜欢拖拖拉拉。还有楼上独住的那个丫头，日子过得一点不憋屈的样子，整天宅在屋子里，倒见她经常叫披萨、小炒、肯德基上门，包裹也是成群结队地来和走，租金却交得拖拉。还有老Q。

她落伍了，过了大半年才知道那个丫头是开网店的，就是在网上卖东西。这个她以前听都没听说过，是孟师傅的老婆告诉她的，说现在的女孩本事，整天窝在家里也可以赚钱，不像她整天在外奔波勤扒苦做的命。孟师傅的老婆也冲她感叹她命好，说五十来岁可以守着一栋房子吃租，不知是几世修得的福分。苏只笑不语，她知道孟师傅的老婆想探听她的情况，套近乎的目的不过为少点租金。不和租客走得太近，他们和她只是关于一套房子的临时与长久占有的关系，只是每月按时交钱与收钱的关系，仅此而已，她觉得这是一个成熟包租婆该把握的分寸。否则，麻烦。

这个月交租金的日子已经过了四天，楼上的丫头还没有动静，这两天也没见送外卖的来，这丫头想当神仙吗？昨晚孟师傅的老婆来交钱，表情期期艾艾的，带了一丝丝呵气似的笑，我们、拖了两天。她接过钱，不数，直接搁进钱包里。孟师傅的老婆一屁股坐下来没有走的意思，两人一起看宫廷戏。苏知道孟师傅屋里挤，三个人只要了一间房，一大一小两张床呈直角放，中间悬个布帘。晚上孩子要做作业，电视机基本成了摆设。宫廷戏就是一群女人斗来斗去，无聊得很，可夜晚的时间在漫长的白天之后更显漫长，特别适合两个女人有一搭没一搭地边看边闲扯。

苏姐，她交了吗？苏知道孟师傅的老婆说的谁，她似乎对楼上的丫头充满了好奇。苏摇摇头。孟师傅的老婆啧啧两声，摇摇头，仿佛她和苏站在同一战壕里。这哪里演的是古代女人，分明演的是现代那些女孩子，一个个大大喇喇、嘴尖舌利的，动不动就和男人拉手、拥抱、亲嘴。说着，她发出一阵嘻嘻的笑声，人家说这不过是将现代职场戏换成古装罢了。苏脸上浮一层淡笑，不说话，挪过瓜子给她吃，顿时满屋子飞起咔嚓咔嚓声。

哎苏姐，你说她有没男朋友？去年倒是看见来过一两个男的，今年我还真是没看见，你在家时间多，看见了吗？苏摇摇头，心里有点烦，人家有怎样，没有又怎样，孟师傅的老婆这点乡野气硬是蜕不掉，爱打听。她悠悠地说，没有男朋友倒好，免得带些乱七八糟不知根底的人进这楼，干净。

去年她还那么得瑟地来来去去，天天花枝招展的，鞋跟比钉子还细，每天上楼那声音就像在钉我的脑袋，一下一下的。我可是天麻麻亮就要起身的人，瞌睡被她这一搅和就再找不回来了。我和我家那位说，这还叫不叫人活了。孟师傅的老婆瞟眼看一看苏，笑中带了点羞怯，说真的，我另找房的心都有了。这倒好，她自个儿安静了。我看啊，八成是被人包养过，又被甩了，听老乡说现在好多这样的女孩，一心图安逸。你想啊，那网上的生意就恁好做？幌子罢了……

苏强忍着一浪一浪翻涌的腻烦，终是忍不住了，啪一下关了电视，你明天还早起，我也困了。孟师傅的老婆意犹未尽地站起身，歇吧歇吧，又挨过去了一天。

苏犹豫着是不是该上门提醒一下楼上的丫头，看看外面满天满地灿晃晃的太阳，终是没有，只在楼梯拐角的地方贴了张手写的纸条：

每月交纳租金时间为6号。请勿拖延！

想想，又加了两个感叹号。那丫头总得下楼的吧，还有那个年纪轻轻就自称老Q的租客，这字也总会磨磨他的眼睛吧。

老Q一早走进这幢大楼时，心里就有不祥的预感，在大楼外的拐角处，他被一只不知从哪儿蹿出来的野猫吓了一跳。如果猫是白色或黄色的，如果猫浑身的毛都伏贴在身上，如果猫不驻足回头看他一眼，他不会吓这么一跳。可是猫通体乌黑，浑身的毛奓得像一只只箭镞，回头看他时的眼神布满凛凛之气，他不由自主地打了个寒战，一口痰下意识地啐到了地上。他逃一般窜进了这座大楼，还好保安没有拦阻他。

已经敲了十三层楼近一百个办公室，还一无所获。攀登通往第十五层的楼梯时，像很多大楼一样，这里的楼层略过了十四和四这两个数字，但在老Q心里这就是他妈的十四层，他估计自己的运气好不到哪去。不过，三年的推销生涯已经将他磨炼得可以迅速撇开沮丧，强迫自己满面带笑英勇向前。他就戴着这样的笑容，谦恭的、礼貌的、讨好的、浮面的笑容，敲开了1501的门。

里面是四个对扣着的带半隔断简易办公桌，像一只展开翅膀的蝴蝶。老Q按习惯从左边开始，呈顺时针方向挺进。他的产品相当丰富，除了交通银行卡，还有小型按摩器、神奇的百洁布、多功能节能手电筒、便于随身携带的餐具……这些东西体量都不大，藏身在他肩挎的公文包里。他总是锲而不舍地在遭遇失败之后，拿出另一样、另一样、再另一样，有时候，运气不错的时候，他的锲而不舍真的可以打动一些人，他们有些无奈地从中挑选出一样，好像是在回报他因长时间佩戴笑容而有些僵硬的脸肌和他喋喋不休的流畅演说。久之，他摸到了多样推销的好处，人是容易被麻痹的，在麻痹状态下就容易动摇，被他所控制，而且他常给这些沉闷的办公室带来笑声，他用幽默的语言、夸张的身体姿态、略带一点自我作践性质的表演，比如展示按摩器时，他会让它在身体各个部位游走，脸部配合出不同喜感的反应，这些都是要让对方麻痹，他要在卑贱的、讨好式的表演中让对方不知不觉消除戒备。他上午出来推销的时候不多，因为上午人清醒，不容易被麻痹，到了午后，疲惫的身体，加上忙于消化午饭而缺氧的大脑中枢，会让他推销的成功率明显上升。但是每到交房租前后的日子，他就不得不放弃睡懒觉的习惯，放弃“蜘蛛侠”，全天开展推销，这让他的眼睛下面伏着两片可疑的黑晕，长期缺乏油水的身体四处支棱着大小骨头的轮廓，说实话，这副样子他是不愿意被昔日同学、且是校花级人物 S 看到的。倒霉就倒霉在这里，还没等他向 1501 室的第一位介绍完自己的产品，一个带了些惊喜的脆亮女声截断了他流畅的演说，“全伟，是你吗?”

老 Q 愣了一下，眼神有片刻的迷茫。从来到这座城市，他向人介绍自己都是自称老 Q。这名字能迅速被那些初识且多半只会见一面的人记住。全伟，是你吗? S 的大眼睛正带了些惊诧望着他。老 Q 很快重新佩戴好了笑容，可是笑容有些不听使唤，仿佛戴歪了，这让他的脸看起来不那么周正，眼角有轻微的抽搐，深利的笑纹和突兀的颧骨，他自己都感觉到了不堪，可还是强迫自己伸出貌似热情的双手。

好久没联系了，没想到你变得这么能说。S 笑着，老 Q 能感觉到这笑背后的惊诧，原来在班上他是个闷葫芦，只能隔着十万八千里看校花裙裾飞扬、笑靥嫣然。S 居然能认出他来? 他不知道该为之惊喜还是沮丧。可沮丧还是不受控制地迅疾覆盖了他，他在瞬间变得语无伦次，继而大汗淋漓。看你热得，做这事很辛苦吧。S 给他倒来一杯茶水。老 Q 羞愧地注意到，自己接水的手抖得厉害，他不得不临时改变了主意，手从半路撤回来，不了，我还得继续工作，你忙吧，我不打扰你了。

S 有点意外，坐一坐吧，好久不见了，上次同学聚会大家还说起你……老 Q 已经承受不住了，他顾不得礼貌周全，倒退着迅速逃出了 1501 室。他忘了电梯，奔下楼梯的时候一不小心踏空了一坎，徒劳地在空中颠扑两下，跪在了地上。他抬起头四下里张望，还好楼梯上下空无一人，可是很快他发现了摄像头，仿佛一只不怀好意的眼睛紧盯着他。他看见了那双黑幽幽眼睛隐埋的笑意，恨恨地与它对峙了一刻，终是无奈地收回目光，撑起疼痛而疲惫的身体，一瘸一拐地下楼。

这一天就这么泡了汤，老 Q 哪里也不想去了，只想逃回他的小窝，逃进“蜘蛛侠”的壳子里，将自己重新武装起来。路上他买了两袋方便面、一包榨菜，这将是他的中饭与晚饭。经过一楼拐角时，他看见了那张纸条，只贴牢了抬头，下半截身子被风撩得翻卷个不停：

每月交纳租金时间为 6 号。请勿拖延!!!

已经 10 号了，可是他打算不去想这个事，他知道房东一般不会直接来催，这也是他选择这里的原因之一。明天吧，明天再说。

好像有一个看不见的东西浮游在空气中，“湫”竭力地躲啊躲，想躲开她尖利的手指，可是一不小心，就被她抓住了。

她曾经像女皇一样，想要他做什么他就做什么。她一度以为他是她的命。因为他，纠缠她多年的疼终于停止了。可是，她后来才知道那只是疼的休眠期，它还会卷土重来，以更加迅猛之势。

疼是在什么时候缠上她的？十三岁那年是清晰的分野。这一年她来了初潮，凝结在粗布短裤上的血迹，仿佛放陈的猪肝的颜色。她不能盯着看，看久了头会一阵阵地发晕。那一年，她开始自己去看戏。她不再被奶奶牵着，或是跟在爸妈、哪位亲戚的身后去赶戏场。戏班子在乡间转场，她就一个村一个村地追，看了这场盼下场，心慌慌的，生怕赶不及似的。梦里，她总梦见自己迟到了，气喘吁吁赶到时已曲终人散，只剩下灯影憧憧的戏台，自己呆呆地立在空旷的野地，失魂落魄般的欲哭无泪，欲喊无声，心里有无尽的懊恼。

她说不清楚自己是先喜欢戏，还是先喜欢上那个小生。这是个如同鸡生蛋还是蛋生鸡的问题。她被牵着去看戏的时候还谈不上有多喜欢，只是不想错过那份热闹，可是不知不觉就成了瘾，戒不掉了，那个小生的出场总让她怦然心动，她混杂在喧声里热情地叫好，让尖叫冲破紧闭的咽喉，在生活里她是那么低敛沉默。到后来，她看戏等的就是他出场那一刻，之后反反复复回味的也是他在戏台上的身影。然后，十三岁的初潮如期而至，她在短暂的晕眩不适后，带着几分羞涩几分自怜几分骄傲接受了这个烙在每个女性生命中的印痕。她追赶戏班的脚步迈得更勤了，有时等不到伴，就大着胆子独自上路，穿过黑魆魆的田野，不敢亮灯，怕招来兽类或是不良之徒。她靠在心里一遍遍幻想和回味戏台上的情景来驱除心里的恐惧，脚步像飞一样。

她追赶戏班的脚步戛然而止在十四岁那年夏天。快步碾过田野的她，突然被一只从黑暗中伸过来的手捂紧，拽进了路边的树林。

她只记得那是一只布满刺鼻烟味和汗味的手。硕大、结实、粗糙、潮湿，紧紧实实地压在她的嘴上。她惊恐地睁大眼睛，只看见被树枝切割得支离破碎的月光。

另一只同样质感的手伸进了她的衣服，奔突一阵后，又掉头钻进她的裤子，停留在她的下身，它迟疑了，那一刻，她能感觉到她的血带着极度的惊恐向着下身奔涌。那只手重新反溯回来，开始上上下下反反复复地揉搓她，她觉得自己的皮肤快被那只粗糙的手搓破了揉碎了。一股血腥味弥漫开来。那就是开始，她生命的真正起点，疼将如影随形。

灯光和低语声依稀从远处传来，她突然感觉身下一空，轻飘飘地跌落在铺满碎枝落叶的泥地上。她重新闻见了清新的夜的气息，可烟味还残留在她的鼻端、嘴边，血腥味还萦绕在空气中，她不容自己有片刻的迟疑，撑起身子，疯一般窜出树丛，窜向田野深处。她听见路边传来尖叫声、呵斥声，路人大概以为撞上了野物。她不回头，惊恐地向前奔跑，感觉自己披散的头发将闷稠的空气擦出了噼噼啪啪的声响。

家里安静极了，门虚掩着。她瘫坐在门前，坐了不知多久，夜露一层层洇上来，身子软得一塌糊涂。她几乎半爬着将自己攒进屋，再将自己挪到床上，奶奶鼻音哝哝地问，回啦，她听见自己清晰地嗯了一声。

第二天醒来，一切都改变了。有一段日子她吓得要命，肚子一疼就担心自己是不是怀孕了，越是这么想肚子就疼得越是频繁，一睁眼就疼，上着课会疼，走着路会疼，吃着饭会疼，笑的时候会疼，哭的时候会疼，不哭不笑的时候会疼，甚至在梦里还在无休无止地疼。这疼渐渐从腹部往上蔓延，她觉得自己小小的心脏、整个胸腔都被这疼传染了，疼得她时常感到无法呼吸，恨不能将这疼从身上连血带骨剜去。

这疼让她感觉羞耻，让她成了家里的负担、村人眼中的异物。她一度带着仇恨在人群里翕动鼻翼，嗅寻那刺鼻的烟味与汗味，可那气味缠满了乡间男人的手指。她转而去寻找一双眼睛，她总觉得一个人若有了罪，眼睛会出卖他，可是没有一双眼睛甘愿向她袒露主人的罪。她被这疼缠到麻木，不再存任何奢想，只想将自己藏起来，让疼再找不到她，可这是奢望。直到有一天，她遇见了他。

她便以为他是她的命，可后来发现，不是。

在杰问苏是不是一起走时，她就想好了，想通了，她留在这里，哪儿也不去了，到老，到死。只是，她绝不肯签字。你怎么样都可以，到那边海阔天空的，你也不需要那一张纸。杰走的时候，她一滴泪也没有流。

杰去的地方不是一般的远，加拿大，一个地广人稀的地方，去了就再没回来。他陆续给她寄来几笔钱，在旁人眼里那都是巨款，除了女儿读书和日常用度，两人合力将女儿送出国，多余的钱她买下了这栋楼，买的时候特意选在城东，到她和女儿住的地方，需要横穿过整个城市。女儿出去后，她就卖了那边的房子搬来这里，切断了与过去的一切联系，熟悉的、不熟悉的，一并切断，毫不留念。她想好了，独自带大女儿的六年、两千多个日日夜夜，她早想透彻了，她要重新开始。女儿走时，她倒是哭了，不舍得，养了这么多年的女儿送去了那么远的地方，送去了他身边，可是她感觉自己尽心了，尽心了就够了。她要重新开始。

刚搬进这栋楼时，她睡不着，整夜整夜睡不着。房子是在这六年里断断续续装修的，按照她的心意，没有一点扭曲。四层楼，十多间房子，对于一个人来说，太辽阔，也太空旷了。她早想好了出租，收的租金可以贴补女儿，一个人过得再奢侈又用度得了多少？她也曾经疯狂地给自己买衣服、买包、买鞋、买化妆品，成堆成堆地买，在脸上涂抹了一层又一层，她看着镜子里的自己，认不出来了，她找不到自己了。她怜悯地看着镜子里的那个女人，看见粉尘陷落在皱纹的深处，填也填不平，看见两道溪流冲开一片斑斓，破碎了那张脸。透彻地哭过之后，她想清楚了。洗掉，一层一层洗掉，红红白白都还给一盆水，还是干干净净的自己更像自己。

陆续有了这些租客，她的心也一天比一天踏实。她知道但凡过得顺心称意的人，早有了自己的房子，也不会来租她的屋了，可有了他们，这些不同来路的人，她感觉仿佛有了照应。至少遇到不测时，一呼会有人应答了。

她总梦见自己孤零零地死在屋里。她远远地看见自己惨白着脸躺在床上，在梦里她挪不了步子，只能定定地看着床上业已死去的自己，看得久了就会悲从中来，眼泪铺了满脸。梦无声无息，无影无迹，可醒来的时候，泪水真实地铺在她的脸上，濡透了枕头，让她无法逃避梦残酷的真实。

还没到中午，老Q就回来了，她看见他窝塌下去的双肩，看来今天推销得不顺利。她轻轻叹口气，等脚步声消失在顶楼，走出去，将纸条揭了下来。他应该看到了，看到了就可以了，不必穷追猛打，住在这里难道还担心他会跑掉？

老Q出门时通常是一身西装，可他只有这一套西装，看起来也是颇廉价的那种，她渐渐知道他不是公务员，不是国企的职工，也不是朝九晚五的公司职员，他是一个收入有一搭没一搭的推销员。他交钱给她的时候，通常会在包里翻找半天，于是她看见了一些银行的宣传单、电筒、便携餐具、按摩器……她曾对一个男人包里装着这些东西感到奇怪，后来想明白，他是做推销的。他交给她的钱不是一百一百的，五十的有，十元的有，五元的有，一元的也有，他似乎也不想掩饰自己的局促，仿佛在为自己总是迟交租金提供理由。除此，她对老Q就没什么了解了，不出门的时候，他像楼上那丫头一样喜欢窝在房间里，丢出的垃圾里经常有方便面的袋子、火腿肠袋子。他和那丫头几乎没使用过公共厨房。从租房时提供的身份证看，他来自一个小城，那里有连绵的山和一个比较出名的钨矿，那里的人性情刚烈强悍，可是他身上看不出一点那个地方人的影子，他怎么来到省城，混成现在这个样子，她就不知道了。虽然租金会晚交，但他磕磕巴巴的也总是会交清，所以她从不主动去催他。

倒是楼上那丫头，她有点担心，好像几天不曾下楼了，她仔细听那屋里的动静，倒是有声音，细碎的脚步声，一下一下擦着水泥地面，偶尔还有轰隆一声，声音不大，像是有什么东西被不小心碰落在地上。她就暗暗吁一口气，这丫头没事就好。

她想过去敲那丫头的门，可是走到半道上就走不动了。自从多年前的那个夜晚，她就发誓再不会去敲任何一扇门了。门遮蔽了很多东西，当它不想对你敞开的时候，有它不得不如此的理由，强硬地敲开，最终伤害的只是你自己。可是，誓言是多么空渺而脆薄的东西，她有过无数次去敲一扇门，猛烈地敲，倾尽全力去敲，用锤子去敲，用炸弹去敲的念头，这念头一次次撞击她的大脑，让她恐惧得兀自瑟瑟发抖，她怕自己控制不住，真的这样去做。可是，可是在无数次之后，她才明白，根本不需要誓言的束缚，她已经没有勇气这样去做了，她的勇气已经在很多年前的那个夜晚一泄而空，从此以后她再没有勇气去敲响一扇门了。即使她真地走到了一扇门前，举起了手，她也会在举手敲打门的瞬间提前崩溃，丧失全部力量。

孟师傅的老婆将一个比她的人宽两倍的箱子搬上车时，明显地听到腰背那儿咯噔响了一下，接着一股钝痛顺着脊骨往上窜起。她竭力不去想它，照样去搬去提去抱，但不敢再逞强搬那些重的了。估计到晚上终于可以歇下来时，腰背那儿就像塞了团铅，又酸又胀又痛，得个把月才好。

好几次了，她想开口和男人说，自己想开家店，卖水果也好，卖炒货也好，卖百货零碎也好，总之开一个属于自己的店，这是她来省城后才慢慢明晰的理想。似乎有了这个店，才是在这里真的扎下了根。可是，她迟迟地没有开口，她知道以他们手上存的这点钱，太困难了，不是不能借，可开口向人借钱不是容易的事，况且，开店得租店面，哪里有那么合适的店面等着你。她心里盘算来盘算去，很想和苏姐开口，若是换租到一楼的房子，前面辟出门脸做店面，后面隔出小间他们三个住，也就是夜里睡个囫囵觉，那是再理想不过了。可是她不知道苏姐肯不肯，现在这房子做客厅和租客公共活动的场所，平时可以在里面吃饭，到了除夕，苏姐还会特地整出一桌饭菜，这里就成了租客们节日聚餐的地方。虽然叫着苏姐，苏姐也待她还客气，但她毕竟是房东。不过，孟师傅的老婆相信成规是可以打破的，吃饭的事在公用厨房里就可以解决。但她不想让苏姐看出她的迫切，迫切就意味着高出期望的租金，她在等待合适的时机。

按理，她对他们的现状应该感到满意了。哪怕是两年前，她还守着家里的田勤扒苦做，身边跟着个流鼻涕的孩子，两个月盼得男人回去一次，有时交给她一沓钱，有时什么都没有，工程还没完或是老板又拖欠了工资。其实，这些都算不了什么，关键是空，心里空落落的，早不是担心、期盼、焦虑了，而是不知道这样的生活什么时候才是个头。前年春节，她下了决心，田拜托给他的兄弟，能帮她维护着不荒就行，她不管他有多为难的眼神，硬是拽着他的胳臂跟来了省城，而她的另一只手紧紧拽着女儿。也许开始几年我们会过得很苦，过得不易，可孩子有了更好的平台。来了不就来了，没有自己的房也租了房，一家三口团团圆圆在一起，天天热饭热菜的，和老乡合伙开了家“蚂蚁搬家公司”，从最开始的板车到三轮再到现在的小货车，公司的口碑也慢慢做开了，生意不再愁了这家没下家，手头渐渐有了积余，该知足了。

可人就是这样，经不得看，经不得比，经不得想，来了省城后她才知道世界比他们那个村子大了不止十倍百倍，就是千倍万倍也不止啊。同样是女人，就有完全不同的命。像苏姐，五十出头的年纪守着这么一栋宝贝房子收租，就啥也不愁了，啥也不用做了，每天将自己收拾得干干净净、体体面面的，公园里转转，街上走走，简直是神仙一样的日子啊。还有楼上那女孩，年纪轻轻的就可以整天窝在家里，日头晒不着，大雨淋不着，日子照样过得滋滋润润，凭什么啊，偏她天生就是劳苦命。若将她换一个地方降生，不说那天上不可即的，就比如在一个中等样的城市，比如在一个父母都是工人的家庭，比如找一个家境不错的老公，她也不至于还过这种辛辛苦苦靠力气吃饭、一家租房住的生活。可这些话没人去说，说了也没人听，命都是自个的。

每到交租金的日子，钱是早就备齐了，可她刻意要拖上两天，就是想让苏姐感觉他们的艰难，他们的不易。这不是伪装，她是真的从心眼里觉得自己不易，身上留下了好多处外伤内伤，他们靠苦力挣来的辛苦钱，一眨眼的工夫就被苏姐揣进了口袋，而且苏姐从来不点钱数，接过去直接往钱包里一塞，那沓被她数了又数生怕数错的钱就从她眼前消失不见了。这种时候，她就不想走，仿佛多坐一会儿，那钱还会跑到她口袋里似的。

对于苏姐，她怀有一种女人特有的好奇，为什么她独自守着这么一大栋房子，她的家人呢，她哪来的这么多钱，看她用度也不奢侈，这些钱她拿去做什么了？没事的时候，这些问号就在她脑子里打圈圈，似乎解决了这些问号，她就朝自己的理想迈进了一步。可是苏姐口紧得很，对她的问话从来不正面回答，不漏一点口风。

今天搬的这家，杂碎特别多，跑楼的次数无形中增加了不少，本来以为中午可以结束的，一拖拖到了下午三点，几个人还只是给自己喂了三个大馒头和一大瓶水。她将自己的馒头匀了一个给男人，用大可乐瓶装的水也省了一半给他。可到收工拿钱了，客户突然指着一个花瓶说磕损了，要扣钱。

大家像被没嚼碎的大馒头给噎了一下，都有些气喘不匀了。男人看一眼她，这一眼里有疑问，也有责怪，通常那些零散的易碎品是由她负责的，她是女性，细致，力气小，专门检查这些东西，避免麻烦。

她赶紧一挺身站起来，这个瓶子是她拎下楼，又拎上楼的，她当时注意看了并没有破损，虽然它现在从外部看起来完好无损，但确实有了一条明显的破损线，从瓶内的颈处伸向腹部。一股燥热顿时从眼睛扩展到了全身，她不知所措地看看男人，看看领头的老乡，再看看瓶子，看看客户，嗫嚅着说不出话来。这处破损极有可能是客户自己挪动摆放时弄出的，可无法解释，客户也不会接受这样的解释。

几个人围着客户争执了半天，最后还是被扣掉了八十元钱。这就算是便宜你们了，客户并不满意。他们几个都有点丧气，那么辛苦，还平白无故地少了八十元。按照公司的规定，责任人承担损失的大半，他们这一天算是白干了。本来还准备打平伙去吃一餐的，两人也没了心情。

回家的路上，男人一直气忿忿的表情，她不敢说话，事情是她弄出来的，事到如今又能说什么呢。她只是也觉得委屈罢了，很希望他能安慰一下她，可到底在他眼里钱是比她重要的。想着想着，她真有大哭一场的冲动，可她将两泡泪紧紧地含在眼眶里，交给风去吹干。凭什么呀，看那客户新屋富丽堂皇得很，他哪里缺这八十元钱，那花瓶不过一个装饰品罢了，又有多金贵，凭什么扣这八十元钱！这世界为什么有这么多的不公平！

男人到底没忍住，晚饭桌上为孩子撒了几粒饭，拍了桌子摔了碗，弄出电打雷鸣的声响。孩子简直被吓傻了，在她怀里哆嗦了半天才噎噎地哭出声来。

看见孩子这样，她也被一股气胀破了，有必要吗你，为了几颗米，你小时候吃饭就没撒过米吗，我知道你是借题发挥，要骂骂我好了，不就几十块钱吗，我赔，赔给你还不行吗！是个男人吗你，自从嫁给你就没过过好日子，为了几十块钱就拿孩子撒气，你有本事你去找那个人啊，明明是他自己弄损的，明明是他欺负咱，你敢说一句话嘛你，你、你、你像个男人吗……

开始还含着声，渐渐地不管不顾了，干脆将身体里的气一股脑地撒泼出去。

再大的风暴也会平息，小楼又复归了平静。男人冲了出去，她好不容易将孩子哄平静了，让她坐在灯下写作业，自己收拾残局。一个碗六块钱，等于今天的损失无故地又多了六块钱。这一刻，她恨透了他，可是她累了，她只是默默地将碎片收进垃圾袋，又伏在桌下仔细寻找了半天，免得残留的碎片割伤女儿或男人的脚。

老Q一下来了精神，他侧耳仔细聆听楼下的争吵声，当听到那个被委屈扭折得变形的女声一再重复“你还是个男人吗”时，他嘴角露出了一抹笑。这抹笑在今天来说有点难得。中午回到屋里，他在床上瘫软了一会儿，睁着眼睛盯住天花板上的污渍，这是顶楼，天花板上汪了东一块西一块的污渍，有一块他怎么看怎么像摄像头，万恶的摄像头。

猛地醒过来，他怎么忘了“蜘蛛侠”，忘了他的另一个世界。开电脑的工夫，他烧了壶水，先放进一块面团，想想不甘心，又拆开一袋，两块面团叠加在一起，热腾腾的水浇上去，很丰足的样子。一切的不快都在瞬间被冲没了。他盖上盖子，开始享受惬意的微博时光。

老Q是个资深的微博主，比大嘴巴姚晨还更早接触微博，只可惜他没有姚晨那样的号召力。苦心经营到现在，他也有了八千多粉丝，而他自己关注的对象更多，有一万多个。这让他每天一登陆微博就会被铺天盖地的信息淹没，他已经养成了快速浏览的本事，一条微博只要看开头几个字，他就知道有没转发的价值。怎么定义转发的价值，老Q认为只有一条硬杠杠——能否吸引众人眼球，能否引起粉丝的广泛共鸣。要引起粉丝的共鸣其实不难，老Q已经摸准了规律，比如那些爆料贪官消息的，越大胆越好，比如那些关注底层疾苦的，越悲苦越好，比如那些传播明星的绯闻，越出人意料越好，比如某地违规提拔的、强制拆迁的、民打警或警打民的、正副职互掐的、民众集会的、死人的、车祸的、精神病发作的……都会拥有可观的转发量，看着粉丝蜂拥转发自己挑选出来的这些微博，老Q会眯起眼睛面带笑容，这时他的笑容是从心底里焕发出来的。

老Q在微博上不叫老Q，叫“蜘蛛侠”，美国英雄。一天不上微博他就会心痒难熬，每天有N个时刻他会想到微博，一旦想到他就有立马后撤回窝的冲动，还好残存的理智告诉他，谋生还是第一位的，他才能继续挺进在推销之路上。但是一旦推销不顺畅，遭遇了轻或重度的挫折，那点理智就全线崩溃了，他会迅速逃离奔往回窝的路。一旦进入“蜘蛛侠”的壳子，他就觉得整个身体松弛了，舒展了，他在电脑屏幕前调整出让自己感觉异常舒服的姿势，这时自信、骄傲、责任、正义感都纷纷回归到他的身体里，他成了粉丝信赖的那个高大的、能力非凡的、负有拯救人类使命的“蜘蛛侠”。

“蜘蛛侠”慷慨陈词，义正词严地在微博上谴责不义、贪婪、罪恶、暴力，为一个个不相干的平民百姓心怀忧戚，振臂高呼。他的粉丝不是轻易得来的，靠的是他一天天用微博量和自我塑造的形象，一个一个赢得的，虽然他们并不知道“蜘蛛侠”正坐在中国腹部一座城市近郊的一间狭小的出租屋里，身高只有1.65米，体重只有96斤，瘦得颧骨高耸，法令纹深利，内心疲惫不堪。

英雄不问出处，老Q无数次用这话安慰自己。他深深地感谢网络，这是迄今世界上最伟大的发明。

偶尔，老Q也会创作一些原创微博。当然这些微博必须符合和成全“蜘蛛侠”的形象。之所以原创，是不想让粉丝觉得“蜘蛛侠”只是个不停转发的应声虫，比如现在，他就新发了一条原创微博：

> 对面楼里传来女人和男人尖利的争吵声，间杂孩子哭声。从窗口看去这是一个面容疲惫的女人，从乡下来到城市不久，倍感生活的艰辛。这是租住在一栋私人民房的一家三口，今天他们吵的缘由是孩子掉落在饭桌上的几颗饭……

省略号之后，“蜘蛛侠”加了一个振臂悲叹的头像。果然，刚发几秒，就有人转发了，点击率开始节节攀升。“对面的出租房”，是“蜘蛛侠”原创微博的主要主题，他发过关于那个独住女人的：

> 这是一个有着孩子般纯洁面容和女巫般忧郁气息的女人，她高跟鞋击打马路的声音又一次侵入了我的梦境，她总是带着浓郁的香气走向对面的出租房，而站在窗口的我，常常生出飞身而去将她揽在怀中的冲动。

这样的内容是很容易让粉丝狂热的，有粉丝大叫："蜘蛛侠，加油！"英雄和美人，人人都钟爱的主题。老Q也发过关于苏的：

> 对面租屋的房东，是个单身女人，风韵犹存，独自守着这么一栋房子，四五家租客，让人不禁猜想她的来路充满着怎样的神秘……

原创帖极少，是因为"蜘蛛侠"要保存一种神秘感。人都有好奇的天性，抓住了这个就可以抓住很多看不见的人的心。抛出一些，含住一些，"蜘蛛侠"需要适度的遮蔽和隐藏，好在网络成全。

也有女粉丝对"蜘蛛侠"表现出极度的狂热和崇拜，隔着网路示爱，甚至要求与他见面。"蜘蛛侠"都婉言回绝了。他不是不想，真实的女朋友当然远胜过虚拟的粉丝，哪怕粉丝数量巨大。可是他知道，有些东西是曝不得光的，他不能将自己苦苦经营这么多年的天堂毁掉。最多，备受煎熬的时候，他对近旁独住的年轻女人来一次意淫，意淫而已，他不奢望更多。

他做过的与"蜘蛛侠"最背道而驰的事，是有一次他绕到这栋楼的背面，趁着四下无人，用竹竿去挑晾在三楼窗口的玫红色短裤。在竹竿触碰到短裤的一瞬间，他仿佛看见窗帘闪动了一下，在帘子一侧浓重的黑暗里似隐伏着一双眼睛。他吓得手一抖，竹竿差点砸在窗口上，落荒而逃。

从那以后，再看见那女人他就会在瞬间变成一只老鼠，缩起肩膀，快速溜过。

苏觉得，杜是这栋楼里最神秘的人。

她不知道杜为什么租这个屋子，他似乎另外还有家，一个月里只有一两天可以看到那间屋里亮着灯，而且常常是在晚上，她不经意抬头的时候才发现。她也留意过杜是不是租这个房子婚外贪欢，可是杜一次也没带人来过，男人没有，女人也没有。每次看到灯光，苏就会格外留意，倾听着上楼下楼的声音，等租客都到家了，她还会刻意将一楼半的铁门锁上，这样任何人要出去都必须叫她。可是没有，杜总是一个人来去。

杜给她看的是一个即将过期的身份证，第一代的，但上面明明确确是他，只是比他的现在时年轻不少。他两鬓斑白，看起来有儒雅气，像是老师或是国家干部，说话文绉绉的。他为什么要租这间屋子，苏想不明白。

杜倒是往这屋子里陆续添置了一些东西，一个老式的八仙桌，一个老式的橱柜，一个老式的藤凳。听送货的人说，都是从古玩市场挑的，送来的时候杜刚好不在，她将桌子和橱柜仔仔细细打量了一下，里面几个抽屉空荡荡的，桌、柜都散发出陈年的老朽之气，但是漂亮，带着久远时代才有的那种精美、优雅。杜的租金是直接打到她卡上的，每到 5 号，手机叮铃一声，她就知道是杜的汇款，不早不晚准在中午十二点到一点之间。

一个看起来对生活把握得非常精细的人，租这么个房子一定不是心血来潮。苏只能判断出这一点。并非他租了她的房子，她就有资格窥探他的隐私，只要他不借着她的房子做掩护去偷、嫖、赌、毒，她就满足了。

今天白天杜来了，她听见他上楼的脚步声，探头看见他花白的头发一耸一耸上了顶楼。他住在顶楼靠近楼梯的那间，老 Q 的隔壁。

他来总是很安静，仿佛并没有来似的。苏也习惯了，她按着素常的时间表睡了午觉，熬了绿豆稀饭，四点钟就吃完了晚饭，换上宽松的绵绸衣裤，走去公园散步。六点的时候，拐到广场跳民族舞。

跳舞是她年轻时就有的向往，可因为女儿，因为杰，因为一些事，她一直没能实现这个愿望。女儿走了，她可以随心生活了，就加入了这支跳舞队。年龄参差不齐的一群女人，老的过六十了，年轻的不过二十八，没有风雨的晚上都会聚在一起跳舞。灯光树影下，衣袂翩翩的，看起来也是不错的光影。

回到家，苏看见孟师傅的老婆独自坐在客厅里，少有的沮丧表情。这个从乡下来了没几年的女人，皮肤还是那种小麦黄，整天乐呵呵的，透着一种乡下女人的达观，除了爱打听倒也没别的什么不妥。苏能理解，远离了村居的熟悉环境，没了七婆八姨在身边闲扯，她会有些不习惯，况且在这城里她根本没有朋友，从一种土壤被挪进了另一种土壤，要活出生气可不容易。看起来，她与她老公之间也没有多少话说，一说起来倒是拌嘴的语气，不是你怪我，就是我怨你。但苏也不愿意这女人将自己当成这城里的一根救命稻草，她只想清清静静地过日子。

可是现在她这副样子，让人没办法忽略她。苏想想，还是问了，吵架了?

他跑出去了。女人的脸在灯下显得更加黑黄，抬眉的瞬间，额间攒出了三条波浪纹。苏倒了杯热茶给她，在她身边坐下来。小霍在厨房里炒菜，辣辣的大蒜气息漫过来，铁勺热烈地触碰着锅沿，间杂着小霍哼歌的声音。这孩子，真好。

可能看见她们在客厅里，小霍就在厨房里吃了。两个女人并肩坐着，都不说话。天光一分分往远收，灯光就一分分往远铺。

两个人过日子，图的是两心并一心，这样有多大的难都不是个事儿。苏不知道这番话怎么就吐了出来。孟师傅的老婆叹口气，苏姐啊，我俩心倒是一处的，就是这生活，节节疤疤的太多了。

那就没啥，谁的生活不是节节疤疤的。苏看看孟师傅的老婆的侧影，真想对这个比自己年轻二十岁的女人说，这算什么难啊，真正的难你是没遇到过。

孟师傅的老婆摇摇头，又叹口气，你多好。是啊，多好，苏的嘴角浮出一丝笑，忽然没了对话的欲望。去陪陪孩子吧，他有脚，会回来的。

出来看见小霍在院子里擦洗自行车，动作里透着敏捷欢快。苏唯一了解过往的租客就是小霍，因为过往单纯，也就不惮于被人了解了。

小霍父母早亡，靠着一个社会人士的资助读完高中，考上大学后除了国家救济，他开始打工自助，送快递，节假日在餐厅帮厨，卖明信片，他在这里租房是不想同学知道他在跑快递。他的租金，苏减半收。他似乎有使不完的劲。可是他的生活不也是节节疤疤的，这些节节疤疤在他的眼睛里种下了愧疚。他怕成绩不好对不起资助人，结果他高考不如平常发挥得好。他送快递丢过东西，帮厨砸过碗盘，卖明信片收过百元假钞，可他还是边炒菜边哼歌，将自行车骑得飞快四处去送快递。

阿姨，那个、楼上那个女孩好像……苏知道小霍说的是谁。你怎么知道？小霍有些不好意思地垂下头，那天送快递，我看见她……苏明白了，那天难怪小霍的脚步声从三楼下来。她怎样？小霍摇摇头，欲言又止，良久才说，我也说不清楚，她坐在地上，靠着床一动不动，递给她包裹也不接，她、她……

苏静静地站了一会儿，抬头，看见三楼顶头的房间亮着灯。孟师傅的老婆正好起身准备上楼，苏叫住她，哎，你留意一下隔壁那屋的丫头，好像几天没出来了。没事，孟师傅的老婆蛮不在乎地一挥手，我听到她屋里有动静，鞋擦着地面走，趾趾拉拉的，能天天宅在家里多好啊，我还巴不得呢。

小霍上楼了，苏又站在楼前看了一会儿，今夜个个屋子都亮着灯。看起来这栋楼仿佛也有了生气……

间歇的周期越来越短。清醒的时候，“湫”会抓紧时间处理事情，设计衣服、剪裁、缝制，在网上查看订单、包装、写单，可是还不等她将包裹发出去，黑暗的世界又来了。它一次比一次来得猛烈、凶悍，她像被浸泡在黏稠度不断加重的黑色汁液里，奋力地挣扎，泅渡，可一切都是徒劳，她怎么也挣脱不了这黑色的汁液。于是，她干脆放弃抵抗，放弃挣扎，这样她反而漂浮在了黑色汁液之上，获得了一种解放的轻松和快感。只是，有一些瞬间，剪刀莫名其妙就握在了她手里，衬着黑色的汁液，手臂白得那么刺目，她忍不住用剪刀去戳它，碾它，砸它，于是，白被红覆盖了，红越来越多，越来越深，直到与黑不分彼此。她嘴里发出呵呵的笑声，仿佛看到一件令自己满意的设计作品。

她越来越迷恋黑暗，也越来越害怕阳光。从翕开的门缝里，看到外面亮晃晃的阳光，她就感觉天地间有一万柄箭镞在刺向她。她赶紧垂下眼帘。门边躺着一堆东西，她蹲下身，是一塑料袋吃的，有她爱吃的饼干、薯片、面包、奶茶，还有水果。欣喜忽然鼓胀了她，是他，一定是他。他来过了，他还在乎她，还关心她。她像抱着一堆宝藏般将它们抱进屋，将门翕开一条缝。

可是，他始终没有出现，一直没有出现。

门外响起塑料袋窸窸窣窣的声音，她正漂浮在黑色的汁液之上，缓缓地调转目光，看见一瞥影子，那个送快递的学生，在门缝里晃了一晃就消失了。不是他！她喃喃地对自己说，你死了心吧。就当他已经当你死了吧。你不是说你死都不要见到他了吗。死，就是这样。

也有一些瞬间，漂着漂着，她进入了梦境，黑白色的梦境。她看见那个透明般的影子，奔跑在田野上，头发被风擦出点点萤火。那时候多好啊，多干净啊。她喜欢这样的梦。楼下是谁在大声地咆哮，脆烈的破碎声，孩子的哭声。她看到一张惊恐的脸，不停地望向自己的肚子，白色的肚皮是那么平坦，甚至有点瘪缩，可是它正在不断地隆起，隆起，阴险地准备将一个硕大的秘密倾诉给世人。

这是埋藏在她身体里的炸弹，如同埋在她身体里的疼一样，都是那个夜晚交付给她的，从此她成了身带刺青的囚徒，时刻等待着爆炸的那一瞬间，灰飞烟灭。她不敢交朋友，男的不敢，女的也不敢，生怕一不小心，这个秘密就会被点爆。可是，他出现了，她命里的人。

她一直习惯孤独地长大。天生的嗓音条件，对语言的敏悟，让她成了镇上的播音员、县里的播音员。一度，她将自己埋在对声音的热望里，以之来抵御无休无止的疼。她读书、听讲座、参加自考，终于，她成了市电台的播音员、省电台的播音员。她那么喜欢那个午夜谈心节目，有那么多在黑夜的掩护下渴望倾诉的人，如同她自己。她不敢放大自己内心的声音，却可以经由话筒放大那些人内心的声音，在他们的声音里，在他们的疼里，她会暂时忘记自己的疼。

他的声音出现时，她还没意识到会有多么深刻的特别，她以为他只是个普通的听众。一个看起来近乎完美的家庭，享受万般宠爱的独子，却携带着仿佛是与生俱来的忧郁。但是，没有无缘无故的忧郁，如同没有无缘无故的爱与恨，后来，她才知道他内心的隐疾。一个追求完美极度严格的父亲，一个溺爱有加呵护备至的母亲，他非常害怕他们因为他而争吵，觉得都是自己的错，是自己不够好，不够完美，他小心翼翼地放置自己的手脚，自己的身体，自己的心，可还是无法制止这争吵。直到有一天，在草坪踢球的他，撞见了灌木深处一对正在亲吻的人，亲吻的画面并没带来多大的刺激感，而是那个正在亲吻的男人的轮廓，他经常被气恼涨红的耳朵，此时也呈现为绯红，他习惯高高举起的粗大手掌，正温柔地抚摸着一个卷发女人的头。他呆住了，不能相信自己的眼睛。

那个晚上，他高烧到41度，连篇的胡话。意识模糊的瞬间，他恍惚看见了床边母亲和父亲的脸。母亲蓬乱的头发，短促得让他心惊。从此，他成了一个有秘密的人。母亲常说，都是那场高烧惹的祸，让他变得比正常孩子迟钝了那么一点点。他不置可否，惨然一笑。

听到他的故事，她有瞬间心如刀绞。她只是说，接受这个秘密吧，不要将它当作你生命中的敌人，就当它是你的兄弟、你的姐妹吧。

她不知道这些话救不救得了他，所有的生命其实都只能靠自救。她不知道，这番话让他在瞬间泪流满面，埋在被子里号啕大哭，然后发疯般地冲出屋，跑到电台大楼的楼下，等她。

第一次见他时，她的目光里充满了警惕和拒绝。她板起面孔，一言不发地招停一辆出租车，将他晾在午夜冰寒的灯影里。他等了一个又一个夜晚，风雨无阻。做我的姐姐吧。这是他唯一对她不断重复的话。

她不记得是哪一天被打动的，其实每一天她都在被打动，在他第一次突然出现在她的视线里。那晚，疼第一次奇迹般的自动消隐了。可是，她也是怀揣秘密的人。她总以为他们不可以，可是，又有什么不可以？如果秘密要爆炸，那就和另一个秘密一同灰飞烟灭好了。可是，她担心对他不公平，他的秘密已经对她敞开，而她的，她能对他说吗？

她不知道，秘密自己要开口说话。当他第一次亲吻她的时候，他的嘴唇还没贴近她的唇，她的身体滚过一层猛烈的抽搐，瞬间脸色刷白，手比她的意识更迅疾地伸了出去，他挨了窝心的一掌。对不起，对不起，我不是故意的，我、我可能太紧张了。她忙不迭地要查看他的胸口，顾不上羞涩。他笑起来，握住她慌乱的手，没事，我理解。

他的话让她愧疚。她一次次深呼吸，对自己说，接受他，接受他，就像接受你自己一样。可是，秘密是那么不可理喻，一再地要开口说话。它让她的身体不受控制地发抖，抖得不成样子，让她的魂魄在瞬间抛弃身体，一再地抛弃。他不能不有所怀疑了，你，是不是出过什么事？

他的眼神是那么柔软，那么晶亮，她不知道哪来的勇气，冲口而出。其实，那只是秘密自己在开口说话。它已经渴望了那么久，为了这一天的到来，它让疼从她的身体里消失，让她以为遇见了自己的命。其实，那只是秘密的欲望，秘密的得逞。

他的秘密和她的秘密，不在一个频道。尽管她一再地辩白，那个人什么也没有做，只是用手抚摸……她沉浸在自己的恐惧里，仿佛重新回到了那一天，那一刻，她没有注意到她的恐惧吓住了他，他的脸越来越白，白到脱了形。可他还算镇定，将她送到了家，从此再也没有出现。

他，就这样消失在了浓黑的夜色中，并将她奉还给了黑夜。

阿姨，我撞了人。苏听出来是小霍的声音，虽然这声音和平时有些不一样。撞了谁？苏一愣，下意识地问。一个太婆，阿姨，我正在医院，你能不能帮个忙？苏再一次下意识地想要拒绝，她不想搅和到任何麻烦里去。阿姨，我不认识其他人，也不想让学校知道……

苏一踏进急诊室的门，就看见小霍垂着头坐在一张椅子上，旁边还有个年轻男人。看见她，小霍忙站起身，阿姨，你带来了吗？苏点点头，掏出卡递给他。小霍愣了，这、这不是我的卡。是我的，先用吧。

小霍电话里拜托的事，是让苏进他的房间取出抽屉里的银行卡，医院这边不让他离开。可是，可是苏攥着钥匙就是无法打开那扇门，虽然她知道里面空无一人，但她还是做不到。犹豫再三，她想到了办法，将她的银行卡拿了来，救急要紧。

还好老人只是轻微脑震荡和几处皮外伤，医生说需要在医院观察两天。苏想起在这家医院有她的一个同学，初中时的同桌，好像在内科。她经过那事后就渐渐少了社会交往，一心守着女儿，女儿走后更是一门心思和过去切断了联系，新买了手机，办了新号。不过原来的手机还保留着，为了方便联系女儿。小霍眼睛里的愧疚看起来更深了一分，让她有些不忍。说起来，小霍与她女儿差不多年龄，女儿却是娇养多了，哪吃过这些苦，有苦也被她一手给屏蔽了。若小霍是自己的孩子，自己舍得他吃这么多苦吗？苏问自己。

苏觉得自己有责任代表小霍去和老人的儿子交涉。好在对方不像是不通情理的人，他说这学生伢还不错，一出事马上将老人送到了医院，凭这，只要老人没事，他们也不会再追究什么了。苏说了小霍的身世，小霍的现状，小霍的勤劳，小霍的纯朴，说着说着忽然有些动情，仿佛小霍真的与她有所瓜葛。

从病房出来，她从包里翻出旧手机，拨通了同学的电话，同学答应将老人安排到她那个病区，治疗上会细致处理。打完电话，苏探头看看小霍，他还坐在老人的病床前，神情似乎比老人的儿子还挂心。苏知道这份挂心不是装出来的，小霍怕老人有什么三长两短，是真心的怕，不为钱。

小霍不肯回去，说晚上就守在医院里，这样他才能安心。她嘱他卡上的钱尽管用，其他不要担心，明天该上学上学，该干嘛干嘛。这事不会让天塌下来。

她能为小霍做的只有这些了。

回家的路上，她有些疲惫，也有些兴奋。这些年她一直过得省心安逸，她暗暗祈祷上天让生活平滑得像一面玻璃，而她只需要轻轻一滑就度过去了余生。可是，今晚她怎么又感觉到一点久违的兴奋，这兴奋像一只鸟在她心里扑翅。电话里，同学问她过得怎么样，怎么几年都不与她联系，说很想她。这些话可能只是俗套的寒暄语，可她很久没有听到这样的话了，竟感到一丝温暖，虽然她并不肯承认。

到家了，她还没有睡意，躺在床上又爬起来，从柜子里摸出一瓶红酒。打开来，刚抿一口到嘴里，听见了轻轻的敲门声。

谁?

我。是孟师傅的老婆。

苏皱皱眉，这么晚了，她来干什么?可是兴奋在心里扑了一下翅，反正睡不着，有个人说说话，也好。

孟师傅的老婆穿着睡衣，披散着头发，月光下好像褪尽了乡土气，有几分像城里女人了。她看见桌上的红酒，哟，苏姐你好情调，这么晚了喝酒。说着，嘻嘻笑开了。这笑声听来，也有几分动人。苏突然来了兴致，再拿出一个酒杯，来，你也喝一点。

孟师傅的老婆将双手猛摆，不不，我喝不来，喝不来。喝。苏忽然带了命令的口吻，仿佛在这一刻，她这个从未命令过租客的房东突然明白了自己也有发号施令的权力。孟师傅的老婆果然不摆手了，乖乖地端起杯子抿了一口，随即发出一串嘻嘻的笑声，还没俺自家做的杨梅酒好喝，也这色。

喝惯了就好了。苏示范般抿了不小的一口，让这股柔软的液体滑过喉端，滑向脏腑。今晚，有什么在她的身体里一点点地苏醒。

似乎，她的心、她的头脑并不拒绝，反而很享受。

她告诉孟师傅的老婆，她有个女儿在国外，大学就快毕业了，也许会继续读下去，也许会找份工作，但是不会回来了。

你不想她？孟师傅的老婆小心翼翼看着她，生怕触动了她哪根敏感的神经。她不在乎地一摆头，女大不由娘，只要她过得好就行。啧啧，还是你洒脱，我就不行，当初来的时候，他也是说女儿留在家里，带个孩子在城里打拼多不易，我不听，紧紧拽着女儿的手。你看，这不也过下来了？她电话来得勤吗？

苏竖起两根手指头，每周二。我们约定的通话时间。每周二都会来电话？孟师傅的老婆带了惊异，她和老家一年通三次电话，端午、中秋、元旦，如果赶上春节不回，就通四次。想想，加拿大，那得有多远啊。每周都通电话？啧啧。那一年不是要通五十多次电话。孟师傅的老婆扳着手指头算。

苏从侧面看着孟师傅的老婆扳手指头的样子，有点拙态，忽然觉得这个女人也有她的可爱。她带自乡野的气息还没来得及被城市全然改变，正是这份未改变让她显得自然，虽然也有让自己不适应的地方。那你，打不打算去看她？孟师傅的老婆突然想起来，如果苏姐去看女儿，他们还能继续租住在这里吗，或者，她和苏姐建立起良好信任关系的话，苏姐会将租房的事拜托给她也不一定，看起来，苏姐好像没有任何亲戚朋友，除了这个突然冒出来的女儿。那她用客厅开店就不是梦了。她冲口而出，你老公呢？

苏愣住了，一个酒嗝直贯而出，伴随着这个酒嗝而出的，还有两个不甚清晰的字。死了。什么？孟师傅的老婆以为自己听错了。死了。这次苏回答得很快，清晰有力。

房间里一时陷入了沉默，似乎谁也不想说话。不知过了多久，孟师傅的老婆突然听到了一丝奇怪的声音，她抬头环顾一下，才发现这声音来自身边，来自苏。冷不丁地，她被苏一把抱住了。

从未被除妈妈、外婆以外的女人如此紧密抱过的她，有片刻的惊疑，甚至想断然地推开苏。从电影电视和男人那里，她听说过同性恋这回事，这房东，独自一人的，不会……这念头让她毛骨悚然。可趴在她肩头的苏姐并没有其他举动，她只是一动不动地搂住她，发出绵绵不休的哭声。她能感觉到耳边的哭声由一脉溪流逐渐壮大，竟至变成了山洪暴发。她僵硬着身体，一动也不敢动，她并不知道这是怎么回事，一贯过得悠闲自在，让她羡慕得不得了的苏姐这是怎么啦？难道这就是苏姐说过的，谁的生活里没有节节疤疤。想起这句话，她忽然又有了些明白，一只手抬起来，在空中停滞了一刻，才轻轻地落在苏的背上，拍抚了两下。

这两下像触动了某处机关，苏突然不哭了。她直起身子，用手扒拉两下弄乱的头发。对不起，你早点回去休息吧。语气里竟透着一股冷漠。

孟师傅的老婆的身体还呈现为被拥抱时的姿态，她的嘴半张开来，一时间没有明白过来，苏这是在叫她回去吗？

苏再不说话，兀自走进了卫生间，门锁清晰地撞响。真是见鬼了。孟师傅的老婆在心里嘀咕一句，站起身收拾一下自己，走了出去。屋外月光铺了一地，凛凛的。真是见鬼了。孟师傅的老婆盯着这月光咕哝了一句。

这个夜晚被一声尖叫划开了静默。尖叫是孟师傅的老婆发出来的。

杜在房间里自杀了。是上吊，布条悬在窗户的铁杆上，老式的藤凳掀翻在一边。他的房间一直亮着灯，白天这灯光被天光吞没了，没有一道来来去去的目光注意到。然后是夜晚，苏以为他又来了，直到觉出不正常。

苏走上四楼，看着从屋门下泄出的灯光，还是无法伸手叩响那扇门。她不得不拜托孟师傅，将钥匙拿给他，请他进去看看。孟师傅的老婆自告奋勇一起去，她源自乡野的好奇心还没有被城市生活磨灭。然后，整栋楼的人和这时恰好路过楼前的人，都听到了她的那声尖叫。

警车呜啦呜啦来了。出租楼里的人都先后被警察叫去询问，甚至警方还动用了经验丰富的专家和法医。法医在询问过程中，发现了“湫”的异常。他在女房东苏准备离开警局时，将她拉到一边，告诉她那个女孩很可能患上了严重的抑郁症。你没注意到她手腕上的疤痕吗，那是自残留下的伤疤，幸好伤口不深。法医叮嘱，你一定要注意观察，以免再生意外。

意外已经将苏压垮了，皱纹像个不怀好意的小人，几天之间爬满了她的额头、脸颊、脖颈。她看着表情严肃认真的法医，惊惶而又茫然地点点头，想说什么，终是没有说出来。

尽管警方严密封锁消息，但还是有丝丝缕缕的信息渗漏、弥漫过来。据说死者是省城一位身份体面的官员，他死得很巧，正好在纪委准备请他去协助调查的前夕。

“蜘蛛侠”不合时宜地发了一条微博，将传闻的和臆想的杂糅，炮制出具有爆炸性的内容：一个省部级官员在被纪委正式调查前夕，畏罪自杀。据可靠消息透露，这名官员的案情可能极其复杂……

这条微博引发了规模空前的热议，并生发出各式各样、奇形怪状的版本。不知是哪位有心人将“蜘蛛侠”过往的微博梳理了一下，从中提取一些信息，组合成一个颇带艳情色彩的版本：

> 与此位自杀官员住楼上楼下的某女，二十多岁芳龄，曾是某电台晚间节目主持人，数年前在采访中与死者相遇，继而相爱，死者租住此楼就为两人幽会之便。终因死者离婚改娶不成，某女因爱生仇，患上抑郁症。而死者因为内外交困的压力，酿成悲剧……

警方轻而易举就将“蜘蛛侠”锁定为了老 Q。出租楼的对面是加油站，无论是高度还是可居住性，都证明了“蜘蛛侠”的虚妄。

像是反讽似的呼应，警方在查明“蜘蛛侠”真实身份后也发了一条官方微博，历数了老 Q 的种种不堪，并将他的行为定义为“扰乱公共秩序行为”。更有意思的是，警方还非常耐心地通过技侦手段，将这条微博群发给了“蜘蛛侠”的八千多位粉丝。至于由此引发的后续震荡，警方就无力监控了。传说，因偶像的幻象破灭想寻短见的有之，大骂世道不古人心大坏的有之，鼓掌叫好的有之，默然无语的有之，但是，很快，这些也都被浩浩荡荡的微博的洪流淹没了……

雀替

陈思将洪流介绍给陈念时，没想到会引致这样的结局。

时隔多年，他还清楚记得，那个荷香四溢的午后，他和洪流走进会场纯属一时兴起之举。他们沿渺江岸边走了一个来回，该议的事，该说的话都已说完，急于让两腿和身体放松下来，祠堂里传出的声音引起了陈思的好奇。这声音经过扩音器放大出来，带着某种似曾相识的特质，先于意识唤醒了回忆。

祠堂里临时摆了十几排椅子，将原本有些空荡的一堂两厢填满了。午后的阳光从天井口斜铺下来，迷离了视线，也拉伸了空间感，让讲座者仿佛坐在迢远的渊深处，面目模糊不清。他俩在最后一排坐下。陈思仰起头，不费力气地看到了讲座者所说的雀替——安静地栖在梁下，厚而庄穆的雀替，上面起伏着龙纹、蝠纹、花草纹，素朴而精致。他一动不动望了良久，视线被阳光晕染得愈发迷离，可是响在耳边的声音十分清晰，清晰得仿佛正从耳膜上跃起。他带着几分狐疑，将视线缓慢下移。远处，依稀是一个戴着眼镜的中年男人的轮廓，微胖。

讲座近尾声，当讲座者站起身来做最后的结束语时，陈思透过迷离的光线基本认定，他就是少时伙伴陈念。

“等等。”他示意欲站起身的洪流，抱臂坐看听众流流沓沓地从身边走过。祠堂很快恢复了空荡，一排排空椅更加重了这一感觉。陈思面带意味深长的微笑，无视洪流询问的目光，坐等那人从渊深处走出来。

“陈念！”他的声音大得惊动了光路中的万千尘埃。对面那人迟疑了一刻，“陈思？”

除了戴一副厚度不小的眼镜、脸胖了一圈、两鬓添了不少斑白，眼前的陈念与记忆中的契合度还是相当高的。两人先热情地拥抱在一起，怀抱里的厚度不禁让人感叹人是物非。当年那两个细瘦条、四处晃荡的少年，如今都有了中年体态。陈思还好，陈念已隐约有了中部崛起的迹象。

“你兄弟？”洪流热情地向陈念伸出双手，问陈思。陈思摇摇头，又点点头，与陈念对视一笑，“等同兄弟。”

实际上，陈思与陈念有二十年没见了。但少时的气息清晰如昨，如同陈念的声音被刻印在了他的耳膜上。这声音，在县城时曾被人唤作“鸭公嗓”，以致陈念一度抿紧嘴不肯轻易开口，如今听来，却有股成熟男人的沧桑味道。

原来陈念是来参加一个全国古村落保护现场会的活动，明天一早就转往他县，等他再返回这里时，陈思的美术写生班已经返城。两边的活动只有一天的重叠，赶巧撞见了。

时间宝贵，陈念推掉了主办方的宴请，三人找了一处小农庄，坐在潺潺的溪流边，一架丝瓜藤下，把酒话今昔。三瓶农家自酿的水酒下肚，陈念的面上铺了满腾腾的红，陈思面上却是越喝越白，与当年一模一样。

当年，他们没钱买酒，就偷了父亲的散装酒装在输液瓶里带出来，再往酒壶里掺回水。父亲奇怪这酒怎么滋味寡淡的，他们在一旁搔着头皮装懵懂，说怕是开了盖后酒精自个儿挥发掉了，还真糊弄住了父亲。可酒实在经不得一再掺水，偷出来的酒也越来越不像酒了，他们喝着都觉不过瘾。最后还是被父亲发现了，一个扯出另一个，结果都被扯着耳朵拎回了家。

陈思还好，多少酒下肚，脸皮都不会出卖自己。陈念不争气，一点点酒下喉，脸就赛了关公。他不敢回家，几个人就陪着走或骑上五里路去长河边，在河堤上齐刷刷坐一排，晃荡着两腿，看见有妹子经过，就拼命飙口哨，嗷嗷怪叫成一片。夏天人稀的午后，或是无人路过的夜晚，几个人百无聊赖，摸下河踩水，打水仗，吼歌，冲着虚空嗷嗷啸叫，顺带捉几尾鱼，回家好糊弄过关。

那时，父母们忙着单位学习，搞斗争，参加各种清查，学校里虽然恢复了上课，可每天下午放学很早，加上星期天，总有大把大把的时间供他们厮混在一起。在小县城的大街上晃荡太显眼了，一不留神就撞见了谁谁的父母亲，他们将阵地转移到郊外的玉米地里，几个人借着玉米梗的掩护，或坐或躺，一顶荷叶遮阳，酒喝得口干了，就扯下一个玉米棒子，或到附近田里摘西红柿、黄瓜解渴，也架火烤过鱼、田鼠、知了、麻雀、蛇。

“那真是一段快活日子!”陈思和陈念相视一笑，酒杯子撞响，仰脖喝光杯里的酒，两人又不约而同埋下了头。这样的相逢，这样的夜晚，让他们仿佛又回到了多年前的星空下。可是喝再多的酒，也清楚地知道，再也回不去了。一度，他们天真地以为这样的日子会一直过下去，过到地老天荒。

“你们怎么二十年没联系，那么铁的朋友!”洪流好奇。一瞬间，陈思陈念都不言语了。夜色完全淹没了山野，耳边只有潺潺的溪水兀自流淌着，泛着微光，不时冒出一两声清晰的虫鸣。洪流等了半晌，举起酒杯，“来，喝酒!”

那天，三人搂抱着肩膀走回村子，就宿在陈思的房间。三个人倒床就睡，陈思半夜口渴醒来，依稀听见从画室回来的学生在走廊里应答。他看见陈念歪倒在床的另一头，离他咫尺的地方。他在黑暗中静默片刻，将陈念耷拉在床沿的一条腿挪到床上。睡意惺忪中，他听见陈念低声与他告别，那特殊的嗓音，可再听，只有洪流如雷的鼾声。

次日，等他清醒过来，屋子里已没有了陈念的身影。他望着空空如也的半张床铺，床单那么平整，仿佛不曾有人在那里睡过。他问自己，这是不是一个梦?

但不是梦。洪流留了陈念的电话，他说自己想做的一个项目亟需陈念这样的专家指导。奇怪的，陈思却没有留。洪流似乎比他更怀念前晚的时光，一再和他说起，他的大脑却仿佛被掏空了一块，不再记得前晚的情景。

“他乡遇故知，你昨天一定是太兴奋了。”洪流笑他，问他要不要陈念的电话，他不及回答，有个学生站在桥上叫他，他匆匆起身，似没听见洪流的话。

美术写生班的真正牵头人是洪流，陈念是他请来的带班老师。两人已经合作多年，每年暑假都会来一趟古村，这里已经形成了针对写生学生的一条龙服务，让他们省去了很多麻烦。如今来，轻车熟路，更像是休闲一阵子，与自然山水亲近，过一过田园生活。

洪流提前回了城，他总是那么忙，投资项目一再拓宽，除了文化市场，如今又延伸到了旅游产业，具体的陈思并不清楚，他只负责平安将这些学生带来，再平安带回去就万事大吉。

可是，他并不像自己想的那么淡然。接下来的几个晚上，他都沉溺在梦沼里，甚至在梦里，他都清楚地知道自己在做梦，没什么大不了的，却怎么也挣脱不出来，最终，心悸不已地大汗淋漓地醒来。

这，恐怕是他没向陈念要电话的原因。他不知道陈念是不是也会这样，陷在梦沼里。很多年前，他有过这样的光景，每睡必梦，梦境沼泽一样铺展，仿佛没有边际。他不记得自己是怎么缓释过来的，一切得去问时间老人。那段日子，因为睡眠不足，他过得混沌迷蒙，父母将之归结为他初到一地的不适应，对往日那些狐朋狗友的念念不忘。只有他知道不是，他甚至比父母更盼望早一点忘记曾经的那些朋友，包括陈念。

这个暑假似乎过得格外迅疾，后半段陈思沉溺在与梦沼的搏斗中，神思飘忽。终于开学，陈思的生活渐渐恢复了正常，每天按部就班地去学院上课，在画室画画，偶尔去外面写生，周末教美术班学生。梦也恢复了正常的频率。

洪流接了一个古村整体包装开发的项目，竟是在陈念老家那个县城。“拜托陈念牵的线，刚签了合同，政府看重专家的面子啊，你老朋友的面子管用。”

看陈思没什么反应，洪流进一步下饵，“古村的风景很美，在长河边……你应该熟悉的，听说你们那时经常去河边玩，找时间和我一起回去看看，顺便帮我设计设计?”

陈思的目光专注在报纸上，毫无回应。都市报的文化周刊，陈思喜欢翻翻。在消息一栏，他看到与陈念巧遇的那家祠堂正在进行维修，指导专家是陈念。渊深的祠堂，迷离的阳光，布满纹饰的雀替，晃过陈思脑海。

“奇了怪了，这些年你一直没回去过，真没回去过? 你怕什么，怕见到自己的初恋情人? 离开时你多大，十五岁? 那个年龄不至于辜负哪个女人，不，应该是女孩。你不说是吧，嘿嘿，我找机会问陈念。”

听到陈念的名字，陈思抬起头来，神思有片刻恍惚。他没有说话，目光重新落回在那两个字上，脸上隐隐横过一抹苦笑。

那年夏天，荷尔蒙突然像一只发情期的熊在身体里伸出爪子四处抓挠，让人躺也不是坐也不是，睡也不是醒也不是，笑也不是哭也不是，沉默也不是啸叫也不是。陈思加入了杰哥一伙，是陈念引他去的。陈念是陈思到县城后认识的第一个朋友，小学、初中都在同一个班，关系自然铁。虾球是同年级的隔班同学，松子家和他家隔了两条巷子，杰哥就不用说了，他是学校和县城里的“名人”。

几个人排了名位，长陈思三岁的杰哥是老大，然后依次是虾球、松子、陈念，陈思因为一个月之差，甩尾。

老大杰哥通常是拿主意的人，偷家里酒的主意是他出的，几个人一起七嘴八舌地完善。玉米地的聚会点是他选的，还有长河里最好摸鱼的河段，都是他先踩点再推荐给大家。他似乎有使不完的劲，骑着自行车风一样穿过县城的大街小巷。登有明星大头照的杂志是他搞到的，还有年历、明信片、禁书、带黄的手抄本，都不知他从哪里给弄来，看得几个人心脏狂跳、血脉偾张，熊爪子挠得更疯狂了。他们几个跳进河里，拼命让河水的沁凉冷却躁动的欲望。在几个小弟看来，老大杰哥胳膊上鼓着的一团团夸张的肌肉，可不是虚长的。他简直无所不能，连街上那些横行霸道的混混们也不敢来招惹他们。

杰哥曾经是虾球的同班同学，在成为他的同学之前，已经在初一待了三年，第四年依然三门功课不及格，一气之下他就退了学，顶替他妈的工作在糕点店上班。糕点店那点子工作量，只耗得掉他一根小手指的气力。他就整天琢磨着，怎么给这几个小兄弟寻摸点新鲜玩意儿。看到他们几个乐不可支，他就像自己吃了一碗蜜似的，脸上挂着桀骜不驯又带了几分戏谑的笑意。

暑假一到，陈思每天上午待在家里像只慵懒的猫，面前摆着书本，耳朵却张向外面，只等那声熟悉而富有穿透力的口哨一响，立马窜出屋去。

几辆自行车风一样刮过县城。

那件事是由一张年历引出来的，德拉克洛瓦的《自由引导着人民》。一位妇女手握长枪半裸着胸脯，带领众人踏过满地狼藉的伤者死者，向前冲去。整幅画面显得十分悲壮，杰哥说这幅画取材于1830年法国的七月革命事件，画中的女人象征着自由女神。

这是他们几个都很陌生的领域，一个个沉默地听着，看着。突然，虾球有些忸怩地一笑，“可是，可是女神为什么……这样?”他的手指点在女人裸露的胸脯上。气氛一下子松弛了，大家都露出了会意的笑容，可是谁也没应声。

就是虾球的这个举动，将一场原本十分严肃的世界名画欣赏给扭转了方向。话题以不受控制的速度滑向了远处。大家决定冒一场险。

“放心，我有办法。”杰哥一副成竹在胸的样子。他们几个没当回事，这和弄一瓶酒、一本黄色书籍可不是一码事。就是虾球，也不过是嘴上一轱辘滚出来的话，若在脑袋里多过一过，也就不会问出口了。可是现在，事情不是任何一个人可以改变的了，大家群情激昂，跃跃欲试，而且举手盟誓，谁也不许退出，这样才能保证谁也不会去告密。

杰哥真的对此事上了心。他经过一段时间的观察，将目标锁定在一个盲女身上。盲女住在不远处的玉村，每个星期的周日上午会去县城一趟。杰哥说她多半是去书店，也不知她瞎着眼睛怎么看书，有时她也去供销社，奇怪的是她总是单身一人，而且总是在午后一点钟的样子往回走。她喜欢从田间拣小路走，那条路算来是最近的，而这时村人多在午睡，杰哥常常看见她一个人在密匝匝的玉米地里走过去，竹棍敲得土地“噗噗”响。

“那么难走的田埂，她走得稳稳的。”杰哥汇报完这一切，大家再次陷入了沉默。但沉默很快被打破了。他们将头凑到一起，做了详尽周密的计划——在盲女必经的路上，埋伏下两根线，一根拦住竹棍，等盲女迟疑时，由两人用一根粗绳将她猛力掀倒，然后大家一拥而上，趁她慌乱之时海摸一气。

“切不可贪恋，否则会误了大事，如果盲女镇定下来，没准会记住我们其中一个两个的特征。到时大家看我的眼色，立马撤，分别从五个方向撤进玉米地。只有这样，才能确保此事做得神不知鬼不觉。”杰哥说，这样只有他们几个和盲女知道，而盲女白白受这么一场侮辱，这在当时可是不小的侮辱，肯定不会对别人说起。在陈思他们看来，杰哥真像指挥若定的将军。

担任第二道拉绳任务的，自然是力大胆大的杰哥，可另一个人选却难产了，谁也不肯主动担纲，最后杰哥决定采取抓阄的方式，虾球中奖了。其他几个嬉笑望着他，说都是你起的坏念头，这是天意！

不知是谁第一个伸出手，虽然现场的情景在陈思脑子里回放过很多次，但他还是想不清楚是谁第一个伸出手。似乎是胆子最大的杰哥。也可能是陈思。或者虾球。或者松子。或者他。

当时的局面很混乱，他的脑子里仿佛有一列火车正轰隆隆地开过。他们的手也很混乱，根本分辨不出摸在盲女的哪个部位，还是摸在彼此的手上。

可是事后，他们都不约而同地宣布自己摸到了，一个比一个说得详细。等陈思描述完，虾球戏谑道，"我怎么觉着你说的是我早上刚吞下肚的馒头。"他的话引来一阵哄笑，让陈思有冲上去敲敲他脑袋的冲动。

可是，心虚的他只是尴尬地笑笑，刚才他脑子里想的确实是他妈做的白馒头，暄软暄软的，还散发着热气，中心点了一抹粉红。因为底气不足，他只说了两句就匆忙结束了。

描述最细致的是杰哥。他说，"你们玩过猪尿泡没有，那玩意儿学名叫猪脬，不要笑，那玩意儿不是你们想的那样，我见我妈弄过，洗干净了，薄薄的一层，透明的，如果将里面注满水，收住口，手一摸那个滑，那个软，那个富有弹性啊，"说到这里，杰哥无比陶醉地闭上了眼睛，仿佛他正在情不自禁地回味。突然，他睁开眼睛，瞪着他们几个，"就是这感觉，不信，你们回家试试。"

他们相约打死也不说出这个秘密。反正是个盲女，她也看不见是哪个。可是，百密终有一疏，他们没料到盲女的刚烈，她竟然找去了公安局。他们也忽略了盲人的耳朵通常很灵。虽然那一刻他们都紧张得闭紧了嘴巴，可还是在混乱中发出了一些声音，或者说是一些气息，那盲女竟然从中牢牢地拽出了一丝线索。她对警察说，如果让她再听到那声音，一定可以认出来。

调查全面展开。那段时间，一些三五成群混在一起的男青年，都被叫到县公安局去了，他们几个也不例外。得知消息后，他们做了严密部署，杰哥一再交代谁的嘴巴也不能漏风，一定要闭严了，“否则，”他极霸气地一亮臂上的肌肉，“大家都得死！”

他们也从不同的渠道知道那阵子风声突然就紧了。街上经常有便衣警察抓的小偷被示众，还有谁谁被抓进去的消息四处飞传。杰哥说这有点像上世纪八十年代那股子“严打风”，大家要小心。几个人不再聚在玉米地里喝酒闲谝了，也不趁夜到长河里摸鱼玩水了，身体里的荷尔蒙仿佛也意识到了外在环境的恶劣，变成了冬眠的狗熊。

“要笑，一定要笑。”这是杰哥告诉他们的招术。他是几个人中最先被叫去公安局的，很快就出来了，一脸的轻松和满不在乎。他特地将大家召集在一起，叮嘱了一番。“那个大胡子，不要以为他有多厉害，你冲着他露齿一笑，就什么事都没有了。”

“可是，可是我笑不出来。现在，我的腿都在打抖。”

“他妈的，个孬虾球，赶紧回家对着镜子练练。”

那天分手时，杰哥并不像来时那么轻松。不知是虾球的露怯，还是其他几人的沉默，打击了他。陈思记得他离开时，暴戾地将绊住他腿的一根树枝，“啪”一下给踩断了。跟在他身后的陈思，情不自禁地抖了一抖。

陈思回家对着镜子练了三天，走进公安局时，脸上戴着近乎僵硬的笑容，露出了六颗上牙。他按约定的，回答了络腮胡子警官的提问。他们将那天的活动地点向东位移了五公里，互为人证。果然，他很快就走出了公安局。

那段日子，他谁也不见，整天窝在家里捧看父亲弄来的《美术》杂志。以前父亲将书递到他眼皮底下，他也懒得瞟一眼，现在却整天捧着不肯放手。父亲咪着小酒，心满意足地问母亲，“今天太阳是从西边出来了吗?”

他听见父亲对母亲说，那个满脸胡子的徐警官发下话了，不破那盲女的案子，他就不刮胡子。他手一颤，筷子滑脱在地上，赶忙起身去洗。偷偷瞄父母，他们没在意。

阵线不知是从哪里被突破的。这至今是个谜。

陈思第二次被叫到公安局时，坐在对面的络腮胡子，满脸的森林更见浓密了，他眼睛里的光芒也更加锐利了，陈思本打算像上次那样采取微笑策略，可是络腮胡子先笑了起来，“馒头……”他愣了一下，下意识反问，“什么?”

络腮胡子猛地一拍桌子，“陈思，我念在你父亲的面子上，给你一条自救之路，这后面的八个大字你认识吧……”

泪水不知咋的就灌满了两眼，陈思透过迷蒙的视线，看见墙上几个黑色大字“坦白从宽，抗拒从严”。从这一刻，一个人坚守多日的阵线开始土崩瓦解。

他是被父亲领回家的。他不知道在公安局度过了多长时间。他只听见父亲在耳边一声接一声叹气，他等着巴掌、拳头落下来，可是没有，父亲只是将一本新到的《美术》塞进了他手里。《美术》顺着他摊开的手掌滑落下去，没有谁去捡。他又听到了父亲的叹气声，像拳头一样击打着他的耳膜。他拿被子蒙住头，睡了三天。

等他有一天走出家门时，发现街头巷尾贴满了白底黑字的布告，布告上面打了大大的红勾。

那年秋天，父亲调动了工作，陈思和父母亲一起举家迁往了数百里之外的一座城市。临走，他没有和任何人告别。

陈思一直没有回过县城，因为他根本没当它是故乡。实际上，他五岁那年随父亲母亲迁来这里，待了十年，感情不能说没有，他却没法承认它是故乡。洪流不认这个理由，他三番五次鼓动陈思回故乡实地看看，帮他在古村设计规划上把把脉，却没能说动陈思。

那天陈思正在画室作画，接到了一个电话，陌生的号码。迟疑一下，他按开来，极富特质的声音，是陈念。

电话这头的陈思，脑子里出现片刻的短路，他握着渐热的手机"咿咿呀呀"一味应着，直到挂机，才反应过来，陈念约他"五一"一起去玉村。

陈思知道这一定是洪流的主意，可是这一次他没有拒绝。无从拒绝。

看起来，陈念对玉村很熟悉，当然了，那是他真正意义上的故乡，是他在之中怎么走动都不过分的家乡。不像陈思，做了逃兵。

洪流开车，车上就陈思和陈念。陈思借口前夜熬得太晚，一路上都在打瞌睡。眼闭着，心却开着，他听见洪流和陈念在商量古村包装方面的事儿，似乎由陈念牵线，已经着手将好几幢别处的老宅整体迁移过来。陈思跑过不少省内省外的古村，哪里的老宅价值巨大，哪里的老宅形制独特，哪里的老宅有可能出售，哪里的老宅便于迁移，他心里有本细账，这让洪流省了不少工夫。其中一些老宅是以危房的名义给买下来的，有陈念这样的专家做的鉴定，洪流出的价格自然划算。还有一些老宅子，眼见得一天天在朽败在坍塌，宅主呼吁保护，却不知从何下手，老宅修旧如新可不是个容易事儿，需要资金需要技术需要人力。一个村子一旦有几幢这样的老宅，村干部就发了愁。洪流托陈念出面，买下其中一幢，资金可以用来整修另外几幢老宅，而陈念可以提供技术支持，洪流可以提供人力支持，这样三道难题一同解决了，村干部自然乐于从中撮合。还有一些老宅是老辈不舍，晚辈却急于出手，生怕老宅老朽得卖不出好价钱了。也有早已无主荒置的老宅，破是破点，但用心修整一下，面貌也可焕然一新。按洪流的说法，现在做旧工艺已经大大进步了，一座半颓的老宅可以修整得真中有假，假中有真，真假难辨，游客根本分辨不出哪里是真哪里是假。

似乎陈念是出于老宅保护的目的，他心疼那些日复一日被时光风化的老宅，不忍心看着它们毁在不懂维修和保护的村民手里。而洪流是从打造古村生态景观考虑，打算将玉村建设成一个全国知名的景点，而且他冀望以这个项目拿到一笔政府的古村保护扶持基金。两人目的不同，但配合起来相得益彰，一个有学问，一个有胆识，一个有技术，一个有财力，一个严谨，一个敢干。

陈思对此兴趣不大，他的思绪一直停留在别的地方。

县城变化很大，显现出一副着急奔往大都市、却又被旧衣烂衫拖累的模样。旧房屋蒙着陈年的灰尘，窝在左一栋右一栋或瓷砖贴面、或玻璃幕墙的新楼房中间，摆出格格不入的架势。陈念不时指着某一处，告诉陈思这里曾是什么什么。陈思有的对得上记忆，有的只觉人是物非，而后者的比例远远高于前者，这让汽车快速滑过的县城街景有了梦境的成色。三人未在县城逗留，直接开向玉村。

长河河堤今非昔比，原来矮塌塌的土路被挺拔的水泥堤坡取代了，堤坡下绿草如茵，被园艺工人塑成了“欢庆五一”的形状。印象中遍布农田的地方，被一幢幢居民楼、厂房给分割了地盘。陈思感叹“变了，大变了”，陈念笑而不言。

汽车飙过一排木制房屋。陈念回过头，指向窗外，“这里，是我们当年经常摸鱼的地方……”陈思赶紧扭过头去，依稀看见一溜“＊＊渔村”的旗幌在风中摇摆。

“还记得那年杰哥带着我们几个……”

陈思忽然脸色刷白，冷汗倏地浸了出来。他回过头，看着陈念的侧影，那张嘴在不停地开合着，笑纹水波一样颤抖。他看见洪流大笑起来，与陈念应答着，说笑着，可陈思听不清他们在说什么，他的耳朵被洪流的笑声灌满，它们像一波一波的潮汐涌向他的大脑深处。

陈念停住了说话，惊讶地望着他，“你怎么了?”洪流将车停下来。两人将陈思搀下车，扶他在路边一块石头上坐下。有风吹来，汗渐渐住了。陈思只觉露在外面的皮肤一片冰凉，阳光怎么也暖不过来，可是他可以开口说话了，“可能是晕车……”

这话骗不过洪流，他们结伴驾车出行那么多次，他从没见陈思这样过。可是他什么也没说。三人决定步行去玉村，反正不过两里路了。风正好，阳光也好，空气里有股懒洋洋的熏暖味道。

起身时，陈念想扶他，陈思摇摇手拒绝了。下车后，他一直回避看陈念的眼睛，只和洪流说话。他不明白为什么，他就是不想和陈念说话，不想看陈念的眼睛。

三个人沉默地往前。三团影子在地面一耸一耸的，隔着不远不近的距离。近村，洪流指着水口处的石桥，开始和陈念低声交谈起来。

水口处立着一棵两人抱粗细的香樟，树下一块石碑，上面两个红色大字：玉村。离石头不远，两个工人正在修一座木石结构的门楼。

陈思忽然想起来，难怪这个村名听着耳熟，当年那个盲女就住在这个村。杰哥讲过。陈思心里蓦地一片荒凉。他瞟眼看陈念，后者已经和洪流投入了工作，正和一个修门楼的工人在说话。

陈思走到溪流边。溪水清澈，无知无觉地流淌着。不远处，几个孩子在溪水边嬉戏，风将他们的笑语声传送过来。这笑声让他的心稍稍被填实了。洪流招呼他进村，他默默跟上。

一路，洪流边走边介绍。整个村子显得空荡，不见人影，三五步一个在建的工地，一两个工人在沉默地忙着。洪流和陈念不时停下来询问几句，陈思站在一旁，一副心不在焉的表情。这样的村庄离他的记忆太远。他记得以前偶尔来古村，村头村尾都能撞见奔跑嬉戏的孩子，还有四处自在踱步的鸡、狗、鹅，他不知道这个村是怎么了，像被掏空了。

洪流似乎看出了他的疑问，告诉他整个村的村民已经搬进了新村。顺着他手指的方向，陈思看见溪流的对岸，一排白墙灰瓦的齐整房子，沿溪边一线摆开，看起来颇有阵势。“那这里呢?”陈思望着一幢幢沉默的、满面沧桑的老宅，“这里要整体包装成旅游景点，对外开放。”

“可是，人气呢，你要知道一个村子之所以有生气……”陈思忽然有些气恼，连他自己都觉得这气恼来得突兀。

“我知道，我知道，等整个村子弄好了，我会让一部分村民重新进来，旅游点也需要人管理……”洪流耐心解释。

陈思很想说他不是这个意思，可是他张张嘴，又闭上了。

走进村子深处，到处都是工地，电锯的“煞煞”声盖过了鸟鸣。两处迁来的老宅已经先行就位了，外轮廓已经完整，工人正在进行内部的修整。走进去，一股扑鼻的灰石味。老宅像刚刚经历了一场大手术的病人，敞开着肚腹，任人盘弄的模样。

逆着天光，一个工人正在固定梁下的雀替。与周遭新鲜的木色相比，这一对雀替显得古风盎然，时光的印痕遍布其上，陈思不由得抬起头来，细细看了几眼。

这雀替眼熟。龙纹、蝠纹、花草纹。朴素而精致。陈思想起来，这很像是他在祠堂见过的雀替，越看越像。就在那天，他巧遇陈念那天，陈念正在讲的就是雀替。

陈思回过头，看见洪流和陈念站在天井一角，正低声交谈着，也在望着这雀替。电锯声“煞煞”响起来，灰尘从老宅深处升腾而起，弥漫而至，似乎要将人淹没。陈思剧烈地咳嗽起来，似乎这灰尘灌进了他的鼻腔、喉管，进入了他的肺腑。

接下来的行程，陈思觉得无比难受，他索性撇开洪流和陈念，一个人在空荡荡的村子里游荡。灰尘似乎还埋伏在他的身体里，任他怎么咳嗽都清理不净。

在一座屋墙塌了半壁的老宅里，他撞见了一个老汉。老汉腰背佝偻着，正在齐人高的荒草和颓壁间找寻什么。陈思抱臂看了良久，待老人回身，才开腔问他，“老伯，你知道这村里原来住着个盲女吗？大概二十年前，她十七八岁的样子。”

老汉拿混浊的眼睛看着他，“哦，你说的莲妹吧，嫁了，嫁到城里去了。”陈思还想问问她过得幸福吗，老汉已经慢腾腾地转过身，将脸俯进草丛里找寻起来。

暮色四起时，陈思接到了洪流的电话，说他们忙完了，一起去渔村吃饭。陈思从溪水边站起身，眷念地看了一眼树影后的夕阳，慢慢往外走。夕阳将他的影子长长地影印在地面、墙面上，不断地弯折，弯折。

整个村子沉默地陪伴着他，像他一样表情沉郁，默声不响。

三个人坐在临河的窗边，陈念本来想挑起怀旧的话题，看陈思毫无搭话的兴致，就住了口。听着水声、虫鸣，三个人一口口一杯杯往肚子里灌酒。

两瓶水酒见底，窗外突然下起了大雨。透明的雨柱前赴后继地砸向大地，天地间共鸣一片，万物混沌。众声喧腾中，陈思突然站起身来，未等洪流和陈念反应过来，一把扯住陈念，趺趺撞撞地将他拽进了大雨中。

两人瞬间被浇透了。大雨冲刷着热血沸腾的身体。陈思的酒意醒了大半，他看见陈念吃惊地望着他，头发湿耷在脸上，他们真像当年在长河中嬉戏、打水仗的样子。

一瞬间，陈思有些不忍了。眼前的陈念似乎被大雨冲刷掉了专家的身份，冲刷掉了二十年的时光，还原成了当年那个因为“鸭公嗓”沉默而羞涩的少年，眼里满是惊疑和脆弱。

可是，他不准备罢手了，他等了二十年，就在等这么一天。因为那个秘密，他被捆绑了二十多年。因为那个秘密，他们仿佛有一处血肉被粘连在了一起。这让他们无论在多么浩大的人群里，都能指认出对方。

“你，是你……”陈思的一根手指哆嗦着，在大雨中反射着光泽。

陈念愣了一刻，忽然也爆发了，雨柱落在他身上，立刻迸溅开来，仿佛无数透明的箭镞划向夜空。“不是我！不是我!! 不是我!!! 不是我不是我不是我不是我不是……”他挥舞着手臂，沙哑的声音像淬火的钢花，被雨水湮灭了火色，由激昂渐至微弱。

手臂颓然垂下，他不看陈思，倒退着，倒退着，忽然返身蹲在了地上，拿手捂住头，“不是我不是我……”

陈思像打捞一摊水藻那样，将陈念打捞到走廊上。瘫软在竹藤椅里的陈念，浑身淅淅沥沥地淌着水，水在木地板上蜿蜒成黑色的小溪，溪水汇流在一起，流下走廊，汇入了大雨中。

陈念的声音被雨水泡得松软了，陈思需要凝神才听得清，可是大雨仿佛下在他的耳膜上，正漫漶成灾。“她认出了我的声音……”陈念喃喃低语，拿手揪扯自己的喉咙，“那些日子，我恨不能剜掉自己的嗓子，这里，就是这里……可是……”

陈思悲悯地看着他，梗塞良久，声音才挣扎而出，“我也说了，什么都说了。”

公审大会，是学校组织学生集体去看的。陈思站在离审判台最远的方阵里，可他还是觉得不够远，他不敢抬起头来，怕看得太清晰。大会迟迟没有开始，喇叭里反复播放着布告上的内容。阳光像根根利刺戳戮着陈思，万箭穿心。汗水从每个毛孔里淋漓而出，源源不绝，他听见身后的同学惊呼，“陈思，你的衣服湿透了。”

老师以为他中了暑，将他牵出队伍。他的脸色一定惨白得吓人，老师慌忙用手掐他的人中，他的头被迫仰起来。这时，他看见高处站着几个背插长杆的人，他们正排队从车厢里跳下。长杆的尖端，呈不同角度戳向天空。天空湛蓝。他很想埋下头去，可是老师固执地按住他的人中，他依稀看见了杰哥，他桀骜不驯又带了几分戏谑的笑脸。

只一瞬间，他坠入了黑暗。

他以彻彻底底的坦白，换来了自身的解脱。几人中唯一受到惩处的是杰哥，以生命的代价。

他们几个幸存者，再没有聚在一起过，甚至在路上遇见也没有交谈过，连眼神的交会都不曾有。

在坦白整个过程时，他的眼前不只一次晃过杰哥的笑脸，那桀骜不驯又带了几分戏谑的笑脸。后来，这笑脸铺展成了他怎么也跋涉不出的梦沼。他在梦里拼命挣动身体，筋疲力尽的一刻，停下来，却沮丧甚至不无惊恐地发现，他正站在杰哥的眉间、法令纹、嘴角、一根长睫毛上。

那深刻不泯的笑意，让他一次次痛哭失声。

但他将自己伪装得很好，在新的陌生的城市。很快，父亲就申请了调动，他们没有丝毫迟疑地将家搬到了数百里之外。后来，他爱上了画画，考上了外省的美院，终于暗舒一口气，他可以远离父母，去往一个更遥远的地方了。

不知从何时开始，他的睡眠正常了，梦沼不再纠缠他。直到遇见陈念。

那晚，他们就宿在渔村旁边的一家小旅社里。次日返程时，三个人脸上都带着宿醉后的憔悴不堪。谁也没有提起前晚，车内显得异常沉闷。好几次，陈念回过头，欲语又止。他看见陈思歪靠在后背上，双目紧闭，眉头微微蹙起。

陈念最先下车，他迟疑一下，走到后窗边，站立了几秒，似乎想说什么，但陈思始终没有睁眼。

又一年暑假来临时，陈思还是答应了洪流的请求，带着新一批美术写生班的学生去了古村。学生在水口桥头写生的时候，他转去了祠堂。祠堂显得比以往气派了许多，似乎添加了许多内容，但具体加了哪些陈思说不清楚。往年来，他都是过门不入，只匆匆瞟上几眼。

祠堂空无一人，午后的阳光从天井斜射下来，与记忆中的迷蒙成色契合。陈思缓步走到横梁下，抬起头，眯起眼，仔细打量那雀替。雀替像个老朋友一般俯看着他，厚而庄穆的雀替，龙纹、蝠纹、花草纹，朴素而精致。他和玉村的那雀替，有着孪生般的模样和表情。

陈思伫立一刻，直望到眼睛发花，方才低下头，片刻目盲之后，视线慢慢清晰起来。眼前，渊深处依然渊深，明亮处依然明亮。

洪流说玉村的包装已完成百分之八十，他很有信心在秋天打响玉村这一旅游品牌。陈思淡淡地听着，他对掏空的玉村没有兴致，对洪流倾力打造的这一旅游产品没有兴致。他和陈念偶尔还会见面，却没有了去年暑假巧遇时的那份热情。好几次，陈念看定他，似乎想说些什么，陈思总是提前调转了目光。他竭力忘记过去，竭力。

他从没问过陈念是否参加了公审大会，想必他也站立在人丛中。但他一定不曾看到自己所看见的，几个背插长杆的人，他们，依次从车厢里跳下。长杆的尖端，呈不同角度，戳向天空。而杰哥带着几分戏谑的笑脸，定格在这一切之上。

夏天是被风慢慢吹远的。风来一场，湿减一分，凉意便增一分。“十一”前夕，玉村文化古村正式剪彩。场面颇为壮观，彩虹门、热气球、红灯笼，喧腾了这个群山怀抱中的宁静小村。

村民来了不少，隔了些距离站在不远处。阳光和树影下，他们的表情难以言喻。会场中心是洪流请来的各方领导，陈念也站在中间，胸前佩戴着一束花。背景牌上写有他的名字，名誉顾问，也有陈思的名字，艺术指导，可他没有待在嘉宾区，而是将花束拿在手里，站在村民围成的圈外，远远地望着这一幕。

眼前的一切，似乎都与他无关，唯一相关的是手中的花束。花朵和草叶有着天然的鲜色，它们刚刚采自村边地头，犹带有露水的气息。

仪式时间超过了预期，几个领导的讲话都拖长了，“乡愁”一词频繁出现，每个人都对这焕然一新的古村赞不绝口。古村在过去一年里被精心地填满了，像盆景一样被修葺得无一多枝无一废叶，从不同的角度都符合艺术的审美，可陈思不愿置评，甚至不愿意将自己的名字落在“艺术指导”一栏。眼前的玉村，慰藉不了，也安放不了他的乡愁。

仪式结束，洪流陪同领导参观古村，人流慢慢淌至远处。村民也逐渐散去，回到他们坐落在溪对岸的新家。陈思独自一人在村巷中漫走，远离了人群，远离了喧哗，像上次一样。

家家屋门前挂着红灯笼，整个村子洋溢着喜气。一些老宅里有人在打糍粑，有人在做灰汁粿，有人在编竹席，有人在绣鞋垫，有人在焗铝锅，有人在弹棉花……

一间普通的老宅，陈思走过去，又退了回来。他看见一个女人坐在屋里编着花环。女人的手边是一枝枝刚刚采自田间地头的野花，和他手中的花束有着亲缘。女人用手指摸索着，灵巧地将花枝缠编在一起。她的头微微仰起，双眼闭着，脸容安详。空气里萦绕着野花的芳香。

陈思入定一般望着她。光线中舞动的尘埃，仿佛透明的针线，缝合着现实与记忆的裂痕。

女人感觉到了他的存在，停下手来，“客人，您要一个花环吗?可以带给您的孩子或是爱人。”

陈思喉头蠕动，发不出声音。

一只手从身后环绕过来，搂住了他的肩膀，“来，我正想给你们介绍一下。”

特殊的音质，是陈念。他拉住陈思的手，将之递给女人，“我老婆，莲妹。”扭头望着陈思，轻声说，“还记得吧?”

女人的手柔而温暖。她冲陈思掀动一下眼帘，露出两抹眼白和笑容。

陈思望向陈念，陈念笑着拍拍他的手，眨几下眼睛，冲着女人说，“这是我的老朋友，陈思。”

“哦，我知道你。”坐在暗影与阳光交织处的女人微微点点头，柔声说。她朝陈思微笑着，递过来一束新扎好的野花。

架花

此时，若从高空俯拍，这绵延在中国南方近乎凝滞的长流，颇像三条并行的巨蟒。他们的车是蟒身斑驳花纹中的一点黑。巨蟒扭动着身子，没有规律地向前缓慢蠕动，时停时歇，将时间抻成恐怖的长度。

车已经被堵一个多小时了，还看不出丝毫解脱的希望。这趟要跑三个点，逆时针方向还是顺时针方向走，宁静拿的主意，这时懊悔得想拿头撞车窗。司机兼摄影王凯安慰她，估计走宁都那条线也一样堵得慌，你没看这前后左右都是粤字头的车。话说得镇定，人却没法镇定，他已经下车溜达三趟了，没带回一点有效消息。

雨意充盈每一朵云，天空灰白，映衬得远山轮廓线单调乏味。窝在车后座上百无聊赖的宁静，连发几条微博，感慨连连。

堵车是一种人生修炼。此时多么渴望回到原点，改写最初的选择，可你只能老老实实地被卡在原地，承受，煎熬，无望地等待……

突然间，明白了一个词：插翅难逃。

选择另一条路，就会永远顺畅吗？这世间哪有永远的顺畅！

“天意啊，你一定要代表大家去见见董永！”突然蹦出一条回复，是小够。

接着，连珠炮似的发来三张截图，是董永为他们杂志纠的错，去年的最后一期和今年的第一、二期。宁静默数一下，属于她的有两个，这意味着有一百元钱从她的口袋飞进了董永的口袋。而且，还有被张榜公告的羞愧。这个苍蝇一样粘住他们的挑错者，三年来坚持不懈，成为众编辑精神压力的一个不竭源头。“蒙娜丽莎”居然错成了“蒙丽娜莎”，有时候宁静甚至觉得是董永暗中使了什么咒语，才让他们出现这种不可思议的错误。

“去哪里见那位神人？”宁静微笑着回复。

“遂川啊，玉村啊。我看过董永的信，落的就是这个地址。你刚刚发的微博地址，就在遂川啊。我的神！”

宁静直起身子，茫然四望，前后都是连绵无尽的车流。不期然地，她瞥见了不远处的一块路牌：距遂川出口 1 公里。

心脏静止了一刻。待缓过呼吸，宁静一拍王凯的肩，“撤。”王凯会意，小心翼翼地将车往右挪，一点黑从这条蟒身挪到那条蟒身，花了半个小时。彻底摆脱蟒身，又花了半个小时。窗外的风终于流畅奔腾起来，宁静的心情却无法舒展，她整理一下头发，戴上了墨镜。

刘平远的车已经等在路口。宁静在看到遂川二字后迅速调整了计划，然后拨通了刘平远的电话。还好，这号码九年未变。

“不好意思刘大县长，你这地界太盛情留客了，没办法，我们只好来打扰你了。”

“欢迎打扰，欢迎打扰。”刘平远比九年前胖了不少，脸颊边多出的两团肉似乎将眉眼都扯低了一分。还是一团和气，肉墩墩的更加的一团和气。九年时光，真是不轻。

“刘县长，你们这里有个玉村?”

“有。巧得很，你们不是要采访春节民俗吗? 玉村今年元宵节正好要燃放‘架花’，这几天村民正在准备，昨天我和文化馆长还去看了。”

“架花?”

“我带你们去现场看看，就知道是怎么回事了。神奇得很!”

宁静和王凯对视一下，默契敲定。这趟出来是赶在春节收梢的时候采访各地的年俗，下期杂志做一个专题，几路人马撒下去，就看谁采回的料独特、厚实、有味道。与其继续堵在路上，不如顺路做个采访，没准还是个猛料。晚上再继续赶路。

这一刻，宁静透过墨镜还在细细打量刘平远，沉浸在九年时光的分量中，浑然不知自己的临时转念会像那只按照线路奔窜的“飞老鼠”，点燃一串引线，引爆绵延的炸响。

后来无数次回头去看时，惊诧都会灌满宁静的意识，铅一样沉重。

阳光一下子钻出了云层。阴沉了大半日的天光，忽然就咋咋呼呼地有些刺眼了。

刘平远能感觉到自己的脸肌有些沉重，在脖颈处落下厚厚的阴影。这些年，他一直是这样笑着的，对上级，对下级，对普通的县民、乡民、村民。很多人说，他虽然是空降下来的干部，却没有一点架子。一度，他觉得这是他最大的资本，朴实亲切随和，可随着时间的推移，脸肌的越来越沉重，他开始对此有所怀疑了。而今天，一个一直存储在他手机里却久久未曾出现的号码，将时间一下子横呈在他面前。九年，不知不觉就是九年。

他已经在这个县待了那么久吗？那张曾经非常熟悉的脸，半隐在一架宽幅墨镜背后，让他琢磨不出她的表情。看微微上翘的嘴角，似乎是笑着，也可能是讥讽。他突然发现原来眼睛是非常重要的，当一双眼睛被遮蔽，人的表情就变得混沌不明，变得疑云重重了。

他不停地拿手去抹额头上的汗珠，其实没有，手是干的，可他总觉得有汗正从翕张的毛孔里渗透出来。太阳刺目得那么夸张。

接电话时，他以为她是一个人来的，虽然不知为何，心里总归是有所期待。他没叫上秘书，一个人开车，在路口等了一个小时，静静地坐在车里，揣想她下车时的情景。是握手，拥抱，还是隔着距离相视而笑？

那辆车停下来时，他还不能确认。先下来一个男人，扎着一束马尾。然后才是戴墨镜的女人，是她。她介绍说这是杂志社的摄影师，看起来比她更年轻，不知是否洞悉了他们的过往，那被时光匆匆掩埋的过往。

她看起来像墨镜一样沉着冷静。他们平静地握手，寒暄。他坐进他们的车，副驾驶座上，而她坐在他身后，说话时看不到她的脸。这一切都让他感觉陌生，包括眼前那只不停冲他点头的香水狗。他们平淡地说着话，关于架花。他一连用了几个“神奇”，却又似乎描述不清，心里隐隐有些沮丧。昨天目睹的一切，似乎一下子在记忆中退远了，远得他抓握不住。为了掩饰这沮丧，他拨通了秘书的电话，让他赶到高速路口，开上他丢在那里的车，马上赶到玉村的祠堂。他不觉收了笑，语气也带上了严峻。他听见秘书在电话那头忙不迭地“是、是、是”。这声音，让他找回了一点熟悉的感觉。

玉村不远，祠堂就建在离水口不远处，一棵数人才能环抱住的古樟树旁。门脸有些古旧，不像许多祠堂被翻修得面目一新，气派庄严。可宁静他们就喜欢这样的祠堂，带有时光自然随性的痕迹，无法复制的面目。一下车，王凯就拿出相机“咔嚓咔嚓”拍起来。

祠堂门前的木栏上，贴着大红纸的《公告》：“自即日起，敬神燃放鞭炮一律在祠堂门口燃放，严禁在祠堂内燃放，以确保宗祠安全。特此公告 祠堂理事会”

柱础前，燃着几支红烛。刘平远带着宁静准备进祠堂，被祠堂里出来的一个人拦住了。“女人不能进！”

宁静愣怔一下，扭头看刘平远。她看见刘平远脸颊上的肌肉绷紧了，与下巴间形成了一道不浅的凹痕。刘平远确实十分意外，他依稀记得昨天和文化馆长来时见过此人，难道这人忘记了他是副县长？他突然意识到没有带秘书是今天犯的一个错误，如果有秘书在，根本不必他出面解释。秘书就是玉村人，在这里，熟面孔比职位更管用。可是现在，在一架墨镜幽深的注视下，他不得不振作精神全力应付。

“我是分管文化的副县长。她是省里《视野》杂志的编辑，来采访你们村的民俗‘架花’……”他勤勉地笑着，一团和气。

“不行，女人不能进！”那人不笑，语气里没有任何回旋的余地。他身后的人越聚越多，整个祠堂里的人都围过来了。

刘平远看到了戴着圆框眼镜的牵头人，他依稀记得他的名字叫“金生”，今年架花的龙头由他负责，他也是玉村架花的传承人，整个工艺的指导者。刘平远赶紧伸出手臂，朝那人招了招手。那人慢条斯理地走近前来，用满是硝粉的手扶一下眼镜，“刘县长，这是祖祖辈辈传下的规矩，制作架花的过程中，女人不能进祠堂，万一……”

他拿眼睛瞟一下宁静，垂下了眼皮。刘平远看着其他面孔，希望从中找出村主任那张脸来，可所过之处，一双双眼睛都次第垂下了眼皮。刘平远站在一群并不抬眼看他的人面前，顿时感到了巨大的沉默的压力。

宁静拽一下他的胳臂，示意他到一边，“要不，算了，让王凯进去拍几张照片，我在外面转转。”本来这是个不错的办法，在无法扭转局面的情况下，可刘平远望着隐藏在墨镜后的宁静，从镜面上看到了自己略微变形的脸，那两团仿佛镶贴在脸颊上的肉显得那么突兀、滑稽，不真实，仿佛是墨镜变形带来的错觉。他咬一下嘴唇，“没事，我有办法。”

他回过身给秘书打电话，秘书说还有五分钟赶到。他等不及，用严峻的口吻叫秘书赶紧给村主任打个电话，让他马上赶到祠堂来。“马上！”他强调。

村主任和秘书是同时赶到的。秘书在进村的路上遇见了村主任，载着他一起过来。似乎，在车上他们已经商定了办法，村长一下车只匆匆和刘平远打了个招呼，就赶去了祠堂门口。秘书走到刘平远面前，两人低语几句，秘书也去了祠堂门口。一群人说着宁静听不懂的方言，刘平远听得懂一部分字句，但他的心已经彻底安妥下来，他知道这个事一定可以按他的意愿解决。

他扭过头去看宁静，她整个人都像她的墨镜一样冷静。看起来，她似乎没有变化，除了那副仿佛横亘在过去和现在之间的墨镜。

其实，在他做出那个决定，并当面告诉她的时候，他就知道在得到一些的同时必定会失去一些。只是越过这么些年，他才知道所谓的得到并不是真的得到，而失去是真的失去。

可是，时光回不去了，就像宁静微博中说的“此时多么渴望回到原点，改写最初的选择，可你只能老老实实地被卡在原地，承受，煎熬，无望地等待……”时隔九年，他才有勇气承认，当年的选择也是逃离，像宁静所认为的那样。

从发现宁静开有微博，他就关注了她，以“最后一朵 ROSE”之名。宁静一定不会知道这是他，他注册的身份是女性。有时他们会在微博上互动，仿佛素未谋面的陌生人，惺惺相惜而已。他一直在等宁静的电话，等了九年。像他等待另一种召唤一样，失望，再失望。他被卡在这个地方，承受，煎熬，无望地等待。

送走宁静，在回县城的路上，刘平远一直闭目养神。秘书知趣地关掉了音乐，不发一言。刘平远回想刚刚过去的几个小时，宁静一直没有摘下墨镜，包括吃晚饭的时候，包括他和她单独面对的那短短几分钟。这让刘平远关于这一日的记忆，都被一只硕大幽深的墨镜给占满了。而其他的一切，被映衬得恍惚迷离，仿佛刺眼的阳光，让人看不分明。

在一部分人看来，董永是个爱较真的人。在另一部分人看来，董永是个喜欢无事生非的人。

他学的是物理专业，却被分配到一所乡中心小学，而且被指派教四、五年级的语文课和所有年级的美术课。这在董永看来简直是无法接受的荒诞，可现实不容他辩驳，要么接受，要么去更偏远的学校，那里没准连语文都没得教。董永徒劳地挣扎过，不仅没能出水反而有深度窒息感，他只能接受现实。一旦从内心妥协，站起身来，才发现水深不过腰，没什么熬不下去的。他将注意力移转，盯上了一本在他看来颇有人文内涵的杂志。

起初，他自费订阅这本杂志，从头到尾一字不漏地看完，手边放一个小本子、一支笔，觉得错误的地方记下来，再誊抄在一张纸上，装进信封，投寄出去。很快，电话来了，稿费单也来了，一处硬伤有50元奖励，再后来杂志社每期给他寄杂志，年终还给了他一本荣誉证书——“优秀读者”。他用纠错举报费买回了一个放大镜，似乎当那些字被放大的时候，出错的几率也随之被放大了。

但这并不能满足他内在的移转的需要，现实有多荒诞，那需要就有多庞大。于是，在课堂上显得漫不经心、恍恍惚惚的他，在生活中严谨地警惕地随时随地挑错。那些被粗糙地写在木板、纸上、墙上的错字，比如“香焦”、“兰瓜”、“韭菜抄旦”、“配玥匙”、“弥猴桃”“爱心捐增”……他发现那么多人生活在错谬之中浑然不觉，对他善意的指正还常常抱以敌意。越是如此，他越是要顽强地指出来，甚至动手帮他们涂改，他的强硬换来的不是感激，常常是白眼、神经病之类的辱骂，更有甚者，一位餐馆老板在他修改木板上的“韭菜抄旦”时，嘴里骂着“操蛋”对他挥起了拳头。这些都不能阻止他，他从中获得的是独立而完满的快感，与他人的反应没有因果关系。

此时，他站在一群人中间，他们的发丛、面颊和指甲缝里都是硝粉。连他们的呼吸都散发着硝的气息。他们已经在祠堂里忙碌了十天。他负责磨硝石，它们从一些老旧的房屋墙壁上被人刮下来，有的板结成块，有的细碎如石，而他负责用一根铁杵将它们砸碾得细细的。硝粉会被装进不同的纸管，安上引线，做成爆竹和烟花，遍插在架杆上。

他是被学校抽派来的。每逢做架花的时候，村里各姓都要派人，村委会也抽出人来。校长说免得他去外面惹是生非，做做这有功德的事，这一年都会有好运气。来做事的人都是义务的，图的就是好运气。据说这架花，燃放的璀璨烟火，既是娱人的，更是娱神的，希图神明领略了这罕见的璀璨之美，赐给玉村好年景、好福气。原先，他觉得这是迷信，不屑一顾，可是在这里待久了，也就理解了，人是需要一点念想的，哪怕是执念，就像他，在不停的挑错中感受到无以名状的快乐，这帮他摆脱了溺水的窒息感。

听到《视野》杂志几个字，他不禁向那个戴墨镜的女人多看了几眼。对了，她似乎叫宁静。去年春节特刊，《视野》杂志做了个本刊编辑记者拜年的专辑，每人一句话，配一张照片，从此他对这个叫宁静的女人有了深刻的印象。他总是将她的文章多看一遍，用放大镜，而每次都会让他挑出一点毛病。此刻，这个女人就站在他面前，只是那副桀骜的墨镜颠覆了他的印象。他竖起耳朵仔细地听她和那个副县长的对话，两人声音很低，听不清。他注视着女人的嘴形，揣摩她在说什么。可是，她几乎是不动声色的，没有气恼，没有焦急，似乎铁定了这局面会朝着她的愿望走，铁定了她可以进入这祠堂。

就是这副墨镜，让董永觉得这个下午不对劲了。它和他们正在做的事情离得太远。他们做着的事情是那么古旧，土得掉渣，可他们做得十分投入，每个人尽职尽责。现在，一个女人戴着桀骜的墨镜闯了进来。董永觉得她和这祠堂里的一切格格不入。他在心里说，祖宗的规矩不可以轻易被违逆，你是县长不行，你是记者不行，哪怕你是神仙本人也不行！

那天，董永是带着气恼离开的，丢下还没碾透的硝石。在那个女人跨进祠堂的一刻，他就觉得整个仪式所具有的神圣意味荡然无存了。那么，他还有什么必要如此郑重其事，如此兢兢业业？他的提前离开没有打乱任何人的节奏，村人已经习惯了董永的喜怒无常，习惯了他的较真任性。此时，不管是谁有多大的不满，也抵不过村主任的一句话，抵不过比村主任更大的领导的一句话，那不满还有什么用？不如老老实实做自己手头上的事，闭嘴。

董永觉得那些抬头看他一眼的村人，在用沉默的眼神对他说，就是你董永，纠出了那么多的错，又能怎样，你可以纠完全世界的错吗？你能靠纠错改变你自个的命运吗？你的悲剧在于，你不肯像我们一样适时地沉默，顺受，容忍那一个接一个的错误，与这被错误充满的世界妥协相处，相安无事。

可他董永就是一个爱较真的人，一个喜欢无事生非的人。这么想着，走在回学校路上的董永，又折转回来。他站在祠堂角落里冷眼旁观，看见那个戴墨镜的女人在祠堂里细细转悠，时不时凑近端详，询问，而他的那些伙伴，收敛了不满，低声地、略带腼腆地回答着。这一切，都被他记录下来。

在网上看到玉村架花的消息时，宁静怔忡良久。心里漫过不祥之感。她不知道，正月十五那天晚上，站在玉村人群中的刘平远，在某一时刻心里也漫涌着不祥之感。

那天，她还是进入了祠堂。尽管心里有隐隐的不安。这不安被她隐藏在了墨镜的后面，她对那向女人禁闭的一切充满了好奇。都什么年代了，还需要设立这样的禁忌吗？玉村的女人操持着生活的方方面面，为什么独独这“架花”不容许女人涉足？按理，那些灯笼、花饰，女人比男人做起来更拿手。难怪靠墙摆放的一溜没有女人染指的灯笼，粗糙得不可细看。虽然这么想着，在她心里还是浮动着隐隐的不安，仿佛正被某双眼睛窥看着，审视着。

村主任与金生商议的结果，是让宁静从点燃的火盆上跨过去。据说，这样可以祛除女人身上的晦气、秽气。这样，宁静成了第一个进入玉村祠堂观看架花制作的女人。可能也是自玉村有架花以来的第一个。刘平远向宁静如此强调的时候，脸上恢复了一团和气，甚至有掩饰不住的一点点得意。本来，时代不同了，那些久远的禁忌也须得像一些古老的容存不住的事物一样，被修改，订正，摈弃。而且，如果杂志上的报道登出来，无疑是为玉村做了一次软性宣传，这对玉村来说是求之不得的好事。

因为机会难得，宁静看得格外仔细，问得也细。一盆盆原生态的硝石，一个个白纸卷裹起来的纸筒，一长溜灯笼，气派的龙头，架在梁上的十米长竖杆和长长短短的横杆，可以自动打开铜锁和门扣轰然洞开的火神庙，还有在刘平远的描述中无比神奇的“飞老鼠”。据说，“飞老鼠”会按照设定的线路，像一支尾部喷火的小火箭冲向架花，点燃引线后，在架花次第有序的燃放中，神奇地返回原地。实际看起来，这是个十分简陋的装置——红纸裹覆的木棍，上面伸出两根弯曲的铁丝。金生说“飞老鼠”和火神庙都是代代相传的架花部件，内中奥妙无人洞悉，只是一次又一次见证了它们的神奇。

金生还为他们讲述了整个仪式的流程，一般在正月初二启动，推选出牵头人，做好分工。仪程的第一步是掷筊。掷筊人用双手合住一对筊杯，参拜神明后，松手让筊杯落下，若两个月牙形筊杯一平一凸朝上，则是“圣筊”，或称“信筊”，表明神明认同，行事会顺利。若是两平面朝上，为“笑筊”，表明神明尚未决定，需要重掷。若是两凸面朝上，为“阴筊”，哪怕愿望再强烈也必须放弃，否则会有诸事不顺，甚至引发火灾的危险。因为架花与火事有关，而水火最为无情，村人历来慎重，不敢稍有马虎和忤逆，也因之玉村并不是每年都燃放架花。今年的掷筊人是金生，先是“笑筊”，再掷为“圣筊”，算是十分顺利。

金生邀请宁静和王凯正月十五晚上来玉村看架花，那场面一定会让他们感到无比震撼。宁静有些遗憾地摇头，他们的行程已经安排好，来遂川是个意外的插曲，正月十五那天他们得赶到宁都采访“添丁炮”，据说当天有上百位来自全国各地的摄影家云集拍摄。宁静拜托刘平远在正月十五晚上安排专人拍摄架花现场，到时将图片发给她，作为这次采访的补充，她有信心这将是一篇十分出彩的报道。

临上车，宁静突然想起此行的另一个目的。她拉住村主任，“请问，你们这里有个董永吗?”

“董永?”村主任扭过头，大声冲祠堂叫唤，“董永！董永！”宁静也探头望向那扇不宽的门，好奇这门后会走出一个什么样的人。可是连唤几声，都无人应答。良久，有人在里面回道，“他刚刚还在，可能回学校了。”

重新回到高速公路上时，月亮已爬上了中天。大路畅通无阻，显得格外宽阔。王凯感叹下午决策的英明。宁静一上车就取下了墨镜，呼吸终于轻松下来。整整一个下午，架在鼻梁上的墨镜都压迫着她的呼吸，可她不愿意取下来，宁可艰难地呼吸着。现在，她如释重负。

回想起临别时刘平远欲说还休的神情，宁静心里漫起淡淡的感伤。感伤而已。不知是否因为墨镜的阻隔，那段本以为无法平复的过往，曾让她痴狂流泪的过往，已经再无法撼动她了。这趟遂川之行，深深刻进她记忆的不过是跨过火盆迈进祠堂那一刻的奇特感觉，不安中夹杂着好奇和隐隐的兴奋。再就是刘平远脸颊上，足以展示时光重量的那两团肉。

此刻，在看到网上消息的一刻，汹涌的不安卷土重来。宁静怔忡良久，找到总编，让他撤掉已经排版的玉村架花的文图。面对他的质疑，她沉默不语。

刘平远叫秘书安排了两位当地知名的摄影家，负责拍摄正月十五晚上的玉村架花。这是宁静拜托的事情，他不能不慎重对待。

一连几日，他都是失眠，听着枕边人均匀的鼻息声，一下一下，直到凌晨才昏昏睡去。白日里神思恍惚，到夜里却又异常清醒。眼前的一切忽然变得那么可疑。每天层出不穷的会议，每天按部就班的一日三餐，每天包围他的那些人和事，都变得十分可疑。那由时光堆簇起来的一切，高耸在他面前，却摇摇欲坠。而往事，一桩桩一件件在他脑海里清晰地播放。原来这些年，他只是将它们封存在了一个角落里，克制自己不去触碰那扇锁闭的门。宁静的突然出现，仿佛一个火引，一股神奇之力，令铜锁和门扣轰然洞开。

当年，如果他做出另一种选择，今天的生活会不会是另一番景象，又或者只是大同小异的差别？他安慰自己，生活的实质不会为任何一种选择而改变，所有的选择不过是殊途同归。可是，很快，他就粗暴地否定自己，将自己一拳打入深深的懊悔中。也许有一些得到是值得他放弃其他的。跟随这想法而来的是宁静的脸。那张被一副墨镜隐匿了表情的脸，仿佛隔着九年时光对他做出回应：看看吧，你所选择的一切，真的如你所愿了吗？

村主任十分兴奋，整个玉村都十分兴奋。架花已经竖立在了正对祠堂大门的一处空旷的田地里。高达十米的长杆，和由长渐短呈梯级向上的横杆都已就位，上面插满了色彩艳丽的灯笼、花饰，显得红红火火、喜气洋洋。村民陆续从四方聚来，还有不少从外村，甚至从县城赶来观看的人。

在隆重的敬神仪式后，金生表情肃穆地点燃了“飞老鼠”屁股上的引线。前一刻还无比喧腾的玉村，霎时宁静了。人们不约而同屏住呼吸，仰起头来，只见一束橘红色的火焰闪耀着，划破夜色，冲向巍巍耸立的架花。

“嘭——”第一声礼炮炸响时，仿佛扯开了密封的瓶盖，所有的喧声蜂拥而出。“噼噼啪啪——”“嘭——嘭——嘭嘭——”整个玉村都陷入了光、色、声的汪洋。焰火们扭动着闪亮灵动的腰肢，携带着硕大的金灿灿的花盏，奔向天空。而神奇的“飞老鼠”在光亮闪耀的背景下，携带着尾巴上那朵橘红色的火焰，沿原路返回了祠堂。

站在人群中注视这一幕的刘平远，真希望此刻宁静就站在他身边，见证着他曾描述过的神奇。曾经，他和她一起去赣江边看焰火，每一朵璀璨的焰火在空中绽放时，都会激起宁静的尖叫，那一刻她兴奋得像个孩子……

火焰一层层向上漫溯。突然，整个玉村黯淡下来，零星的焰火在散尽最后一点光、色之后，也全然黯寂了。

黑魆魆的架花耸立在夜色中，七彩的灯笼与花饰被微风吹拂，发出细碎不明的“窸窣”声。

静默了一刻，人群才骚动起来。很快，一股巨大的涡漩席卷了在场的每一个人。

狂欢的玉村，在一瞬间跌入了巨大的沮丧中——“架花”燃放失败。这是无法修正的失误，没有人知道是哪个环节出的错，只能接受这事实。但这事实携带着巨大的恐慌，压得每一个涉事者都无法轻松地呼吸，压得每一个玉村人都无法展露笑颜了。

刘平远站在黑暗的涡心，被一股巨大的力量席卷，覆盖。一股不祥之感漫上他的心头。

宁静被搅进涡漩是在过完正月之后。她突然接到了刘平远的电话。此前她一直在等他的电话，关于玉村架花的嘱托，难道他忘记了？迟迟不见有照片来，她只好上网搜索，结果看到了玉村架花燃放失败的消息。很短，似乎只是都市报上的一则快讯。

这消息让她迅速找到总编，撤掉了关于玉村架花的文图。以为事情就此过去，不提，不去触碰，就当那个下午只是一个梦境，一场漫长的堵车中出现的幻觉。

可刘平远的电话还是来了。宁静迟疑一下，按下了接听键。

“你还好吧?”刘平远的声音十分低沉。不知为何，刚刚消退的不安就在这有些陌生的声音中，再次汹涌而来。一瞬间，宁静百感交集，不知如何作答。

“有些事，”刘平远迟疑一下，似乎非常吃力地将声音推送出口，“如果……如果……你不要往心里去。”就这么莫名其妙地说完几句后，刘平远挂断了电话。

自始至终，宁静只“喂”了一声，电话就结束了。她坐在办公桌后面发了一阵呆，这不像刘平远做事的风格，出了什么事？和她有关吗？她似乎听到了刘平远压抑在喉管里的叹息声。不安在她的身体里汹涌跌宕。

谜底是在第二天揭晓的。小够风一样跑进来，附在她耳边，“姐，看到网上的消息了吗?”

一个在微博上被疯转的帖，署名“玉村人”。小够点开帖，点击率已经过了五万，下面有上千条评论。小够不让她细看，扳住她的肩膀，“姐，那天是一个副县长带你去的?”宁静点点头，刚刚还汹涌跌宕的心仿佛被一把掏空了，抽搐成一团。

消息已经在《视野》杂志社传开了，人人投注在宁静身上的目光都改变了素常的质地，变得像箭一样尖锐。宁静将自己关在办公室里，锁上门。有人敲门也不开，她听见门外低声的议论，试探的叫唤，后来就安静了。她沉陷在巨大无边的安静中，颤抖着手指，点开了那个帖。

除了五万多的点击率，它已经被转发了五千余次。而且，她被热心的网民给“人肉搜索”了。

她看见了自己的过往，那些被她有意或无意遗忘和遗弃的过往，带着熟悉又陌生的气息，被人翻检出来，晾晒在了网上。她感觉自己像一条搁浅在沙滩上的鱼，每一下呼吸都充斥着绝望。这条鱼正被人开膛剖肚，敞露出不堪的内脏。那些人才不在乎她是否疼痛，他们叫嚣着，狂欢着，沉浸在揭破伪装、逼近“真相”的兴奋中。

在“真相”中，她是《视野》杂志社一个行事素来霸蛮、桀骜的女记者，靠着一位从省城下派到地方的干部撑腰，不顾玉村的历史禁忌，以采访之名强行闯入祠堂，满足自己对架花制作工艺的好奇。帖子配发了几张照片，宁静看见戴着墨镜的自己在祠堂里逡巡，探头询问，拿起什么察看。证据确凿。那副墨镜仿佛照片中的一处黑洞，在每张照片中散发着不祥的气息，恍如一个深不可测的预言。发帖者在末尾控诉：这，不能不说是今年玉村架花燃放失败的直接促因。对神明不敬，神明自会用自己的方式加以惩戒。而这一事件背后所隐现的不良社会现象，更值得我们深思、警惕！

在进一步挖出的更深的“真相”中，那位副县长是当年全省知名的“四十九朵玫瑰”之一，可不知为何，其他的“玫瑰”都在下派锻炼几年后陆续升迁离开了，而他这朵“被遗忘的玫瑰”，却带着一脸憨厚而无能的笑容始终待在原地。这个戴墨镜的女记者是他下派前就秘密交往的情人，两人在采访中滋生情愫，长期保持不正当关系……甚至有人扒出女记者微博关注者中，那个化名“最后一朵ROSE”的就是副县长。他们的互动，充满了暧昧的暗语。

宁静在办公室度过了极其深邃的一夜。次日一早，带着面目全非的灵魂与肉体，她走进了总编办公室，默默递上一份辞呈。总编没有抬头看她，也没有打开辞呈，只是说，“你休个假吧。休息好了，回来上班。”她连笑的力气都没有了，无声地走出来，走进了金灿灿的阳光中。

阳光刺得她的眼睛有片刻的目盲。她眯起眼睛，一点一点张开，让光透进来。她的手被一只柔软的手握住了，是小够。

“姐，等你回来。”

车再次被堵在了路上。同一条路上。此时是乙未年正月十二的午后。

仿佛一年前时光的重演。不远处的那个路牌，依然写着“距遂川出口 1 公里”。像一个凝固的疤痕镶嵌在苍白的天幕上。宁静扭过头，竭力不去看它。她再找不到在遂川停留的理由。

她休了一个漫长的假期，像戒断毒瘾一样戒掉新闻，不上网不发微博不看微信，将自己锁闭在黑洞般的时光里，一个人，泅渡。好几次她想放弃挣扎，可本能挽救了她。开始手机上还会打进电话，收到信息，可她不接也不回，渐渐地，就只剩下小够了。小够锲而不舍地给她发来信息，没心没肺地给她讲些笑话。那些笑话幼稚得一塌糊涂，她却常常看得笑出声来。那笑声里，有一丝丝的光亮，让她重新看见了自己。

当她终于回到天光之下，回到杂志社那个熟悉的格子间时，发现世界平静得出乎意料，又喧嚣得出乎意料。同事们个个忙得陀螺一样，看见她匆匆点个头，仿佛她每天都待在这里。宁静看不清他们的表情，她的眼睛隐匿在墨镜后面，只有这样，她才觉得可以平静地面对这个世界。戴着墨镜的她，看着眼前穿梭来往的同事，熟悉又陌生的感觉，那么真切，却又显得极不真实。原以为世界裂开了一个巨大的无法缝合的缝隙，可是，一切如常，如常得仿佛那只是她的一段执拗的幻觉。

小够飞奔进来，“姐，你才回来，我快给忙瘫了。现在猛料一个追一个，你错了，不是我们追它们，是它们追我们，反正我快被追疯了。快快快，边走边说，总编交代了新任务……”

坐进车里，小够喋喋不休。忽然，话题拐到玉村。小够说，那件事在网上被命名为“架花门”事件，一度刘平远成了当地人茶余饭后热议的焦点，却也因祸得福，被人重新记起，没多久就调回了省城。尽管只是平调，且去的是一个让很多人不屑的部门。墨镜后的宁静，表情平静无痕。她和他，再没有联系过。如同曾经的那九年，和未来的数个九年。

车流绵延无尽。时间无休无止。此时，宁静由着自己老老实实地被卡在原地，承受，煎熬，等待……她知道，被堵的道路迟早会变得畅通。

墟村古树

嘘村像一把二胡躺卧在群山深处的谷底。一条小溪顺着山谷往前，仿佛一根亮晶晶的独弦。溪上三座桥，或拱或平，两座石的一座木的。

琴筒那块儿聚集了六十来户人家，沿琴杆又栖了三十来户人家。但老汉家没赶这热闹，他家在上琴轴的顶端，与进村的大路连着百来米的羊肠小道。这小道反方向延伸，就是一条上山的路，愈走愈纤细，半掩半映在杂乱无章的灌木草丛里。从高处的山头看去，缥缈得很，仿佛一晃神就被风刮跑，刮没了。

这小路，但老汉每天得走一个来回，去看树。这些树是嘘村的宝贝，可能比村子小不了多少岁数。按说在这连绵的山抱抱里，古树不奇，奇的是它们连成了片，连成了不小的阵势。那里原是嘘村的旧址，这些树想来是嘘村的先辈手植的。后来建设新农村，山上的人家尽数迁下来，集中到了谷底。

古树不是一棵两棵，而是十来棵，有樟树、楠木、罗汉松，三五十步一停，八九十步一望，全种在绕着旧村的半人高一圈石堡上。

房子蓄的是人气，人一迁走房子就塌了气，经不得山风山雨几搓几揉，尽数显出了败相。有人家将房子拆了，把石头砖块填进新房的角角落落。有的任其衰败。可环绕旧村的这些古树，依然精精神神，该发叶时发叶，该抽枝时抽枝。有一棵一千一百多岁的古樟发得太过蓬勃，但老汉不得不提醒村主任，请人给安了几个支架，托住它四散开来的枝干。

古树不是但老汉的，它们属于嘘村。可古树又是但老汉的亲人，它们归他照顾。这是三十年前定下的规矩，守树的但老汉的爷爷摔断了腿骨落下残疾，这接力棒就自然而然地递到了但老汉的手上。那年他三十刚出头。也是在那年，但老汉终于舞上了傩。对于但老汉，那是另一桩大事。

父亲走得早，但老汉还是小伢的时候就天天随爷爷盘旋在这片古树下。那时嘘村还没迁到琴筒那块儿，嘘村还像个孩子依偎在古树们的脚下。但老汉习惯了这些古树每天在眼皮子底下进出，哪里多生了一片苔藓，新发了一朵蘑菇，或是枝桠间添了鸟窝、蜂巢，树干上长了个节疤，他都一清二楚。村子迁了，他舍不得迁，挪挪挨挨停在了上琴轴那儿，理由是每天进山看树方便。村主任体谅他那点儿念想，没强求。

但是，每年总有那么几天，但老汉顾不上这些脚挪不了窝的老朋友，他得跑，跑得像风一样。这时的但老汉不再是埋着头、疾步碾过山道的老汉，他套上了不一般的行头，有了不一般的身份——他是“八十大王”，嘘村最看重的傩神。

每年农历十月十五刚过，天地间收了湿气、燥气，嘘村的傩班就忙乎起来了。舞傩的七八人都不属村里的大姓，却一代代传递下来，每年总有那么一段时日轮到他们唱主角。他们郑重其事地将箱笼打开来，点上灯盏，将束藏了一春一夏和半拉秋天的傩神们请出来。通常主持这道仪式的但老汉头一日就净了身，一早又净了手，他将脸冲着左边揭开箱盖，靠手感将一位位傩神用双手捧出来。先是“诸侯”的面具，众人拆封清洗，插上羽毛，分挂在厅堂两边的照壁上，在最重要的“八十大王”和“蒙恬将军”的面具之下，是“柳郎菩萨”和“夜叉先锋”的面具。其他的面具拆封清洗后，则放回箱、橱。最后是道士打醮，从这时开始点燃的香火就接续不断了，在烟雾袅袅中，乡人前来寄放林林总总、大大小小的祈愿。也是从这时开始，但老汉的脚步就有点抑制不住的颠腾了。他依然每日去山上看树，但步履显得比平时轻盈，也迅捷，仿佛开始为两个月后的大戏预热了。

真正的舞傩大戏在农历小年正式开演，持续近半个月，覆盖整个年关。这时的嘘村整个儿变成了一处辉煌而喧腾的戏台，被祖先的嘱谕统领，被神的光芒照亮。

线香燃起猩红的火头，皂角的异香从皂炉中氤氲而出，大红的鞭炮碎屑四处飞溅，众人一起朝向东方躬身膜拜，这是傩舞的前奏——“迎神”。神旗在冬日脆薄的阳光下飘拂，远在东方的神圣在人们默声的呼唤中降临，抬起神箱的傩班，跟随着神旗的指引，在铿锵的锣鼓和笛子的清音伴奏下，走向古老仪式的深处。

“八十大王”是舞傩大戏中当之无愧的主角，他的服装最繁琐，他的面具最特别——毫无狰狞之气，反因浑圆的脸型、饱满的额头、圆睁的双目和嘟起的厚嘴唇而显得憨态可掬，他的历史也最传奇。“破四旧”闹得最凶的时候，上面专门派了工作组进嘘村，誓将“四旧”横扫一空。但老汉的爷爷奉命拎着“八十大王”和另外两件傩具去上交，心里那个搅腾，这些年复一年被傩班艺人清洗、佩戴、敬拜、珍藏的傩面具，是他心中无可替代的宝物，终是不忍，走到一处水沟，看前后无人，他横下一条心，将傩具扔在了田埂下的水沟里。没想到，还真蒙混过关，当众多的傩面具、舞傩服饰都毁于打砸烧的疯狂时代，“八十大王”却得以幸存下来，装点着嘘村年年上演的傩舞，也使得嘘村傩舞声名远播。

每年都会有外乡人来嘘村看傩舞，还有的年年来，看不厌。儿子但石给但老汉套上满绣的袍褂，束上腰，但老汉微仰起头，等他和另一个艺人给自己戴上“八十大王”的面具，一抬眼的工夫，瞥见了人群里的荀记者。她是年年都会来的，今年还带来个外籍华人，说是在美国读到关于中国傩舞的报道，特地寻来的。

面具沉沉地箍在头顶上，“八十大王”的下巴正好横在视线的上方，这让但老汉心里顿时厚重起来。傩具被封存的日子，他经常梦见这一幕，虚飘的视线仿佛一直在等待，落下了这一道圆弧，才变得真切起来。

在戴上傩面具的那一刻，他不再是嘘村不起眼的但老汉了，他成了神，且是傩神中最有威望的“八十大王”。“扮王”之后是“追王”，“追王”之后是“搜好”……程式一环接一环，环环相续，他将率领着众神们奔跑起来，穿村走巷，御风驾雾一般为各家各户驱疫消灾，斩断去年的孽根，保来年的兴旺祥瑞。

没一刻工夫，但老汉就跑得热汗淋漓了，可他的脚步依然稳健急促，一招一式不肯有丝毫缩敛，这是爷爷教给他的，舞傩不是演戏，不是技巧，甚至不是中规中矩地复制仪式就成的，要么不舞，做个虔虔诚诚的旁观者，要舞就舞得庄重神圣，舞得人神两忘，舞得丝丝入扣，这是傩班艺人须有的德性。

但老汉有两儿一女，女儿居中。大儿子本分，小儿子聪明。人一聪明就爱望远，望着望着，心就飞天了，带着双脚奔远去了。这几年，连但老汉都不知道但弓在哪里折腾，都折腾些啥。他隔三岔五地在嘘村冒出来，待不上几天又飞了，这傩舞根本不入他的眼，不上他的心。

再跑两年，但老汉打算将“八十大王”交给但石。这领头的傩神要气力舞，动起来非得有气势。一身行头是越来越重了，但老汉动作上不敢含糊，心里头明白。

一个女人抱着个两岁大的娃娃来，请“八十大王”刮两斧。“八十大王”将手中的铜斧一挥，虚虚地擦过娃娃的头顶和肩背，娃娃看这架势正准备哭，但老汉冲他咧嘴抖两下眉，娃娃乐了。女人喜滋滋地抱着娃娃走了。

进屋“搜好”的人家在减少，门前贴了“天地广大为一主，教门无多无二真”的有二十来户了，信奉耶稣教的他们拒绝让傩神进家门。但老汉想不明白，这些人怎么能把祖宗的信仰都给丢了，去信那花里胡哨的洋教。他相信这样的人家，运气好不到哪去。还有的人家空了门，一家人都去外地打工了，打着打着就在那里扎下了根须，牵着绊着难回嘘村了。

舞完溪东的最后一户人家，桥西头响起了密密麻麻的鞭炮声。浓烟腾起，桥头的凉亭飞檐似浮在云雾中。傩班加快步伐，腾腾的脚步声击打着石板路。

桥头迎候的人纷纷让出一条通道。但老汉快步如飞，踏上桥面没几步，忽觉脚下一虚，身子一晃，不好，他赶紧连跨几步。双脚落在岸边的石板上，定住神回过头一瞧，木桥面居中断裂，原本在他身前身后的人不是险险地攀住桥栏，就是掉落在溪中，唯独他落定在桥头。

众人似被这一幕惊怔住了，良久方才恍过神来，有人发出了啧啧称奇声……

桥断的全过程，被那位美籍华人拍了下来。画面确凿，桥上那么些人，唯独头戴“八十大王”傩具的但老汉如有神助，独自一人踏险过桥。这不能不让观者感叹，闻者动容。

荀记者将这一幕写进了报道，新闻部主任本想删掉这一段，担心被批是宣传封建迷信，看了录像，全文照发。来嘘村的人多了，平时看不到傩舞，就为看看传说中的“八十大王”但老汉。来的多是普通人，偶尔也有某级某部门的重要领导。

每逢有领导来视察，又不是年关，村主任就犯了难。他让但老汉和傩班的艺人穿戴起服装和傩具，表演性地比画几下，满足那些领导的好奇心和观看欲。谁知但老汉头一个梗直了脖子反对，那些傩班艺人你看看我我看看你，也没一个人肯点头。但老汉的理由是那些傩神不可以随便惊动，他们是赐福一方的神圣，不是戏子，不是小丑，祖祖辈辈有谁会拿傩神来表演，来娱乐？想看傩舞，就虔虔诚诚地等到年关再来，那时他但老汉舞多久都没问题。

夹馍中的村主任想了个法子，傩舞服装相对简单，关键是傩具，他想找人将这些傩具仿制一套，用于平时的表演。可别的傩具还好说，“八十大王”但老汉却是怎么也不肯拿出来给人仿制，村主任苦口婆心，拍了桌子砸了板凳，还是没能让但老汉松口。逼急了，但老汉一梗脖子，两眼瞪圆，“你我都黄土埋半截身了，到了那地方你拿什么脸面见他们？”

村主任一口气硬生生给憋回去，无奈，只好将其他傩具仿制了一套。现在匠人的手艺比以前差得不是一层三层，新傩具拿回来，粗糙得连村主任都不忍细看。那仿制品，但老汉是坚决不戴的，也不许但石戴，这让慕名而来的观者兴冲冲奔来，一脸不满地回去，仿佛嘘村只肯拿赝品款待他们。

但老汉依然每天走半小时山路，去看那些古树。前一阵春雷泛滥，一棵古樟被削掉半壁树身，但老汉看着那个心疼，却是无奈。古樟生发得快，但没有罗汉松、楠木一圈圈长得紧，长得密实耐活。三十年间，这些古树只有一棵樟树遭了雷劈，一棵樟树安了托架。

发现蚁洞但老汉马上给端了，发现有动物刨食马上下夹子，两棵格外珍贵的年龄最大的楠木和罗汉松，但老汉在树脚环护了一圈竹篱笆。对他们，他比对自己的三个伢还尽心。

暮春，但弓忽然冒了出来。这次不是一头长发、破牛仔裤，而是换了板寸头，发茬短得看得见青楞楞的头皮，后脑上的反骨突兀地支棱出来。一身休闲西服，看起来倒是人模人样的了。看见但老汉进门，但弓赶紧凑上前，递过一支烟，笼着火要点。“二爷，好烟。”但弓还没出生，算命的人说要过继给别家，才能养得活，养得旺，哪怕是名义上的都成。于是，过继给了但老汉的哥哥，但还是在这家里吃奶长大。但老汉拿手一挡，掏出烟斗和自己卷的土烟，“我有。”

“抽我的，这烟好，五十块钱一包。”但老汉看也不看挡开了，点燃自己的烟，挑块石头蹲下来。但弓也赶紧在旁边蹲下来，拿根树枝划拉地上的土疙瘩。

这里漫山遍野都是红土，不像往南的地方，也不像往北的地方，出了这省的地界就再难看到红红的土色了。“回来干啥?”但老汉吐出一口浓浓的烟雾。“看看二爷二奶。”但弓说出二奶两个字，忍不住笑了，再看但老汉一点反应没有，将笑闷回肚子里。顾经理至少养了三个二奶，其中一个还给他生了个带把的小子，两岁了，调皮得很。那次去给这位小少爷送钢琴，一进门他就明白了，这小少爷和顾经理简直像一个模子里刻出来的。顾经理交代他将钢琴送到他太太的一个朋友家，但弓一走出屋门就乐开了，看来自己已经得到了顾经理80%的信任。

如果说他命中有贵人，那顾经理绝对是一个。到公司应聘时，他拿出的履历表连自己都觉得羞于示人。身边那些人，个个牛皮哄哄的，不是硕士就是博士，最不济也是个本科毕业，现在本科毕业生随手一抓就是一大把啊，像他这样从一个地级市的师范学校毕业的艺术专业学生，独一份。可偏偏，他被选中了。

起初，他以为是自己的长发和嬉皮士造型起了关键性作用，后来才知道顾经理也是那所师范学校毕业的，是他的师哥。知道这一层关系后，但弓大着胆子再不叫顾经理了，师哥长师哥短，开始顾经理还笑吟吟应一声，一次在谈生意的宴会上，这称呼引起了客户的好奇，“顾经理是哪所名校毕业的啊?”顾经理被嘴里的牛肉噎了一下，用一口红酒冲下去，才不慌不忙地说，“敝人不才，复旦大学国际金融专业研究生。”从那以后，但弓规规矩矩地叫他顾经理了。就是这份一点即透的小聪明，让他很快从策划部的一名新进职员晋升为了部门负责人。

“我们有啥好看的，有你那花花世界好看?”但老汉让自己的脸埋进呛人的烟雾里。“二爷，不诳你，我现在做正经事了。”“你哪回不说自己做的正经事?”“嘿嘿，和现在这个相比，原来那些都是瞎扯淡。”但弓递一张白纸片给但老汉，但老汉不接，一手攥着烟斗，一手笼在怀里。

但石伸手接过去，“嗬，九鼎房地产有限公司策划总监!”再凑近一点，“但乃?”瞥一眼但弓，“怎么，改名啦?”但弓嘿嘿一笑，

“改了，原来那名太土……”冷不防后脑勺上挨了脆脆的一下，疼得差点跪到地上。“干嘛呢，二爷！这是脑袋不是石头！”

但老汉只吸烟不说话，一脸的深褶子。“原来那名，弹弓弹弓的，一听就是从山沟沟里出去的，这个但、乃都是古汉语，意思是……”“山沟沟里走出去的咋啦，丢你人了？我看你这忘祖忘宗才叫丢人，你这名还是你爷爷给起的，你倒说改就改了……”但老汉的烟斗又高高举起来，但弓蚱蜢一样跳出了三步开外，甩着胳膊快步走了。

但弓这次回来确实有事，可没等他说出口，但老汉就为改名炸了锅。弓和乃多大的区别啊，写潦草一点，谁看得出来？就这老头子较真。但弓知道但老汉的脾气，一连两天没敢落家，住在朋友老虎家里。独自上了趟山，心里七弯八转想得透亮了，估摸着这两天老头的气也消得差不多，提着两瓶老酒回了家。

看见他，但老汉立马沉下了脸。不知是不是过继出去了的缘故，这但弓从小就不合他的眼缘，脑子活络得像千丝洞，一点不像他家的仔。师范毕业后没做过一份正经工作，整天这里晃荡晃荡，那里晃荡晃荡，向家里要的几笔钱都像打水漂似的，连个声响都没落下就不见了踪影。但老汉其实最恨的还不是这一点，而是他对嘘村压根儿没一点感情，心心念念要逃出这个山沟沟，仿佛他不是这里的土地山水养大的。

但弓大咧咧往桌边一坐，开瓶倒酒，三杯满盈盈的酒在灯光下晃荡。

“二爷，我看到报纸上关于你的报道了，你老可真神啊！”但弓看到但老汉的眉眼舒展了一分。“我和同事说了，这是我二爷，嘘村的傩神！”“啥子傩神，你小子就一个嘴皮子能吹！”但老汉并不抬眼看他，眉眼却是舒展了三分。“我还说了，这‘八十大王’是我爷爷舍命保护下来的，舍命啊……”“这话倒是真的！你爷爷……”但老汉眉眼终于露了一丝笑纹。但弓趁热端起酒杯，“来，为爷爷，为‘八十大王’，为嘘村的傩舞干杯！”

等到但老汉的眉眼飞扬起来了，语调也飘飞起来了，但弓才将心里揣得热乎乎的事儿端了出来。

“二爷，我们公司想买几棵古树，我说我家二爷懂这个，他在我们村看了三十年的古树……”但老汉的目光被酒精泡得惺忪一片，“这个问我，还真问对了。这古树啊可是有魄有魂有灵性的，活了成百上千年，经了几朝几世，哪个人有这么耐活？这树啊在一个地方扎下根，活成了性儿，就会积聚起这一方水土的地气精气灵气儿，保佑这一方水土的平安……”但弓一个劲地点头，不断地给但老汉斟酒，“我知道……我知道……那，二爷，能把咱村的古树卖一棵给我们公司吗？绝对高价……”

但老汉的筷头在空中点划，舌头空转了半圈方才回过味来，眼风一旋，凌厉地扫向但弓，但弓心里一抖，脸上挤出一层虚弱的笑容，“那个，二爷，我们公司急需一棵千年古树……”

“你就为这个回来的是吗?!”但老汉话音未落，双手一收一挥，满桌碗盏尽数落地。汤水泼溅在但弓的衣襟、裤腿上。他惊跳而起，满身汤汁淋漓。

但老汉一根手指硬挺挺戳向门外，“滚！”但弓并不肯滚，立定在灯下，“不就是一棵古树吗？又不是要你的命！从小到大，你给过我什么，出生一天就急吼吼地把我送了人，我知道，你疼哥哥，疼姐姐，就是不稀罕我，我怎么啦我，我在城里打拼到现在容易吗我，人家顾经理说了如果办成了这个事，就提拔我当总经理助理，还五折价格给我一套房子，到时我还可以把你和二奶接到城里享两天清福……”

“去你的狗屁清福！你能让我过两天清静日子就是老天开眼了！”但石妈拦住但老汉，但石把但弓往门外推。素常这样的情况，但弓是能躲就躲，今天却是一股子不信邪的劲头，面上带了七分不满三分不屑，“这古树不是你的，二爷！你不要以为看了几年古树，就把那些宝贝疙瘩当成自个的了，我问你不过敬你是我爹……”

“我不是你爹！你给我滚！”但老汉额头青筋暴起，声音像石头一个个砸过去。但弓从鼻子里“哼”出响亮的一声，头也不回地走了。

初春的风还带了三分寒刺，但弓却不觉得，他将棉袄大剌剌地敞开来，任山风往怀里扑。汤水已经冻硬在衣服上，裤腿硬邦邦的，像两根木头不停地往腿上砸。这个家真是没得待头了，他早料到二爷有这一招，他也知道那些古树在二爷心里的分量，可他心里总抱着一丝侥幸，或许二爷念着父子情会网开一面。再说了，他只要一棵树，还不是要，是买。顾经理说了，只要这树镇得住“盛世辉煌”

的大盘，象征得了“九鼎”的气派和长久生命力，花再大的价钱都值。他也知道顾经理四处托了人在寻谋古树，公司上上下下都出动了，已经有好几人拿着古树的照片给顾经理看，顾经理都不满意，现在就看谁能尽快拔得头筹了。二爷知道现在城里的一套房得花多大的血本吗？料他只住过嘘村土石房的脑瓜子想都想不到，还傩神呢，榆木疙瘩一个！而且，顾经理许诺的这职位也值得去搏一搏，如果真的成了，那将是他但乃人生的，不，是他子子孙孙命运的一个转折点。他可不想像但石那样成年累月围着山道道打转，接但老汉的班，至多在年头年尾扮扮傩神，精神自淫一把。想着想着，但弓不气不恼了，脚尖一转，奔村主任家去了。

村主任刚一提那话茬，但老汉就明白是咋回事了。他竖起骨节突兀的一只手掌，“主任，我知道是我家那个混账小子冲你开的口。你不管他怎么胡搅蛮缠，都甭松这个口。咱嘘村为啥护着这些古树你明白吧，这树挪死、人挪活的古话你懂吧，这古树保护法你知道吧？别的我不多说，那混账小子再去找你，你就对他说，他二爷不答应，让他来找我！”

但弓，不，是但乃灰溜溜地回了 C 城。不过，不是一无收获，他将特地拍的嘘村古树的照片和这些古树的历史、传说、故事整理了厚厚一本资料，放在了顾经理的办公桌上。

从这本厚厚资料的字里行间，生长出来的嘘村古树，不止拥有傲人的年轮、珍贵的品种、蓬勃的生命力，还被赋予了种种无法求证的传说所渲染的巫气、神气、灵异之气。顺便，但乃将嘘村的傩舞资料也附在后面，并打上了几个链接地址，以便顾经理直接从网上求证。

但乃的巧妙在于，将虚实糅合在一处，真印证伪伪渲染真，你中有我我中有你，最终难辨真伪。

果然，这份材料引起了顾经理的极大兴趣，马上一个电话将但乃招至办公室，详细询问了联系古树的情况。但乃挑重避轻抛出线头，先探顾经理的底。他说这古树是嘘村的镇村之宝，被村人视为全村受祖辈荫庇的风水精华之所在，村人担心惊动一棵树魂就会危机全村人的运势，恐怕需要花大价钱大力气做工作。而且，还有个古树保护法的拦路虎。

顾经理一直做沉思状，末了，对但乃的后一顾虑，轻描淡写地一摆手，“法律方面的事我这里可以搞定，关键是村里人那边，我知道那些山沟沟里的人认死理，况且这还是动他们祖宗种下的跟全村风水有关的东西。这样，你和我去一趟嘘村。”

但乃，不，但弓和顾经理一行出现在嘘村的消息，像长了脚一样飞快地跑进了但老汉的家门。他们没有走但老汉门前的那条山路。但老汉飞步赶到古树群时，来人已经将古堡走了一圈，将古树仔仔细细看了个遍，顾经理显然对那棵有一千二百年历史的罗汉松心仪不已，直叹合眼缘。

但老汉远远地看见古树下那几个陌生人，就开始大声地咳嗽着逼近，希望在气势上压倒对方。当晚，村主任被顾经理的车载出了村，本来，顾经理也请了但老汉，被但老汉一口拒绝了。当那辆黑色越野吉普车沿琴杆一路扬着灰土开出村时，但老汉蹲在自家屋前的石头上抽烟斗，狠狠地吸进一口，良久，才闷闷地啐出一口浓痰。一只母鸡不识趣地颠着翅膀飞扑过来，一嘴埋进痰液里，但老汉站起身来飞起一脚，“狗日的，就贪这一口！”母鸡惊得从坡上直蹿到坡下，半天才稳住脚步。

山里人歇得早。整个嘘村被掩埋在山谷幽深的黑暗中，唯但老汉家黑魆魆的屋子背景上，还亮着一点猩红。他瞧见黑色的吉普车像一条戴着顶灯、快速滑动的蛇，游进山谷又游出山谷。最后一抹光亮的影子消失后，嘘村落入了更浓稠的黑暗。

这一夜，心像在糖稀里翻裹搅缠的，不止但老汉一个。许多户嘘村人家都在窃窃私语同一件事，有人来买古树，据说肯出一笔大价钱。至于有多大，挑起话头的人也说不清楚，只马虎应一句“天文数字”。

顾经理许诺的，在村主任看来也算得天文数字了——五百万。乍一听到这数字，他脑子就不自主地盘算开了，这五百万够把进村的路翻修吗？够在进溪口修个水库吗？够在山坡上修几道防洪坝吗？可理智还醒着，他知道不能答应，哪怕是一千万也不能答应，他知道但老汉那一辈的老人肯定不依，而且还有古树保护法，他这个村主任既不想当败家子也不想当违法者。

顾经理似看穿了他的心思，“移树的许可证我可以去办，主任可以放一百二十个心。如果觉得这五百万还不够，我们还可以商量。”

村主任的表情依然含着，顾经理话题一转，“或者，我们公司和嘘村合作，在城里办个傩舞民俗馆，将嘘村的傩舞做大，走出这山沟沟，做出全国响当当的名气来。这个做出了名气，可是帮嘘村开辟了一条发展兴村的财路，那不是比所谓的风水更切实、更见成效吗？难道主任真的相信挖掉那么一棵树，就坏了嘘村的风水？”

五个人喝到第二瓶酒，村主任就捂住杯子再不肯喝了。顾经理也不好强求，他知道这古树不是几杯酒的时间可以解决的，他可以给村主任留出足够的时间考虑。这棵罗汉松，他相中了，总有一天会种在他“九鼎”的地盘上的，他有这个自信。

村主任思来想去，还是不敢一个人担这副担子，就是村委几个人一起担也担不起。他决定召开村民代表大会，代表按惯例由村里各姓按人口比例推选出来。但老汉从来不肯主动当代表的，这次却非要参加。村主任一看到会场上环绕但老汉坐的几个人，就知道这事要黄。

果不其然，但老汉不仅竭力反对，还连带说动了其他几姓的老人，村主任将傩舞民俗馆的事打头说了，说你们的傩舞装备也够老了，该添新加彩了，咱们嘘村的傩舞如果打响了品牌，就不愁咱嘘村以后的发展了，到时家家户户都能过上比现在强十倍的日子。可他的话一点也不能打动这些老人，但老汉振振有词，“你弄的那些新傩具，能上得台面吗，你自个儿看得上眼吗？傩舞，这东西，就像这些古树，根根须须是深深地扎在老祖宗那里的，玩的不是花里胡哨，就是将它们挪进了城，你以为它们能活吗？活得能旺吗？”

村主任不知道这但老汉平时看着不言不语，一点看不起眼的，摆起道理来居然也是一套一套的，说得他身边的几个人不停地点头。“我知道都是我那混账儿子惹的事，我向全村人赔罪，我对不起大家！”但老汉说着站起身来，深深地鞠下一躬。

但老汉鞠的那一躬，还有他那一番话，都传到了但弓的耳朵里。他恨得牙齿都给咬酸了，这老头真是固执！按说顾经理铺垫得已经很到位了，村主任的意思也松动了，没想到还是卡在了他这一环。但弓拎了满满两手东西，希望回去以情动父，刚踏进家门头上就挨了一扫帚，但老汉横眉立目，亮出了“八十大王”挥铜斧的姿态，硬是将他赶出了家门。

现在，但弓是骑虎难下了。如果说没和顾经理说这码事还好，现在是这古罗汉松已经被顾经理惦记上了，其他的树再拿到他面前都不入他的眼了。他说这人和树、和世间万物都是一个缘，既然遇到就不容错过。古树迁移证已经办好了，尽管这事还处于全然虚拟的状态。

既然骑在了虎上，但弓只有壮着胆子驾驭下去了。他给顾经理出了个主意，顾经理觉得不错，又去做了些工作，万事就绪只欠东风了。

转眼，又是一年农历十月十五，嘘村傩班照常举行了开箱仪式。封存一年的傩具都被洗掉了风尘，面目一新、神采奕奕地等待新一年的大戏。这一年的傩舞格外热闹，村里请来了省里和中央的许多媒体记者，荀记者和那位美籍华人也如约而至。省电视台的电视转播车也开进了嘘村。

嘘村成了一处镁光灯聚焦的舞台，鞭炮声此起彼伏地炸响。这也是但老汉的最后一舞了，明年“八十大王”就会交到但石的手中。他嘱咐但石紧紧跟随着他，看他的一招一式，一舞一动，为明年的傩舞做好准备。

傩舞进行得十分顺畅。“搜好”结束后，傩班回到傩神庙，列队向傩太子跪拜。一排穿着花色略有差异的红底白花袄褂的男子齐齐俯下头去，听居中的主持者念“跳傩回饭单”，这是向众神汇报今年的跳傩活动中有哪些人家供了饭点。众人齐声请求傩太子保佑各家平安，然后傩班收拾神器，将悬挂的傩具全部取下放进箱笼，奔向村外溪边一处比较开阔的滩地。

按旧历，这滩地上的仪式外村人是不得靠近的，可许多手拿相机的记者还是跟随而至，电视台高强度的探照灯也将滩地照得光亮一片。主持者找到事先选定的太岁干支方位，插下一截柴棍，从箱笼中取出傩太子安放在上面，其他傩面具也在滩地上一一摆放好，诸神使用的道具则摆放在傩面具的旁边。

火把高高举起，烧融着夜色，傩班艺人开始围着这些神像转圈，以傩太子为中心起点，整齐划一地在众神间穿花而行，步履稳健而轻捷，仿佛一条红白两色的游龙在夜色和灯光中游走。骤然间，高举的火把熄灭了，绕圈的队伍让人惊诧地四散开来，众人各自抱起地上的神像冲向傩神庙。脚步杂沓，仿佛嘘村此时错乱的心跳。

但老汉紧紧抱着“八十大王”，也许这将是他最后一次将这珍贵的傩面具抱在怀里了。他的使命即将完成，他只是从过去延伸而来、并向未来继续延伸而去的长长链环上的一环，他要庄重地做完属于这一环的使命……

鞭炮声断续响彻了嘘村的整个年关。

进行完最后一项傩事，许多村人又踏上去远方打工的路途。但老汉也回归到他的日常生活，他迈动在山道的脚步显得有些急促，像往年一样他有十来天没去看他的古树们了，好在年关无大风大雨，只柔和地下了一场雪，仅仅够铺白地面，不到一日就化了。

远远地，但老汉就觉出了眼前的山景有些不对劲。他的心脏像打得不均匀的鼓点一样，他不由得拿手抚住了胸口。越走越近，鼓点越敲乱。地面上一个硕大的空洞，不用多想，但老汉知道那是最古老的罗汉松曾经待的位置。这群王八蛋，他心里的声音快要将他的身体撕裂开来了，可是他的喉咙里没有发出一丝声响，他呆呆地立在洞边，望着深邃的洞口，目光仿佛要将那黑黝黝的深处洞穿。

但老汉不知道自己怎么走到村主任家的，一路上他的脑子里划过一组组纷乱的画面和镜头。村主任在家，看见他热情地招呼，“但伯稀客啊，来，坐。”但老汉像根木头样戳在他面前，眼睛逼视他，“你知道的，是吧?”

村主任脸上浮出一层复杂难名之色，但老汉觉得自己的脑子里很闹，很乱，他想不明白这表情到底泄露着什么，震惊、疑惑、嘲笑、得意还是尴尬? 村主任望着他，嗫嚅道：“什么?”这句话像一枚细小的针，轻轻一刺，就将灌注在但老汉身体里的气力一泄而去，他嘴唇哆嗦着，抖动了半天没吐出一个字来，身体软软地歪倒下去。

古罗汉松没了。这消息让嘘村整个沸腾了。有人分析说村主任知道这事，没准他暗地里得了什么好处。有人说是监守自盗，但老汉表面上反对，暗地里早和儿子策划好了，为的是独吞好处。有人说可能是一点关系没有的哪班贼人将树盗走了，不能瞎冤枉好人。可是马上有人反驳，你哪知道呢，现在谁不见钱眼开，我看当时但老汉反对得那么激烈就不正常……

但老汉始终沉默不语，他拒绝进食，拒绝说话，拒绝见人。他的姿态并不能偃息屋外的议论声，它们像飞蝗一样不断撞向但老汉一家人的耳膜。但石受不了了，他为爹叫屈，可他一走到人跟前，还没张嘴，人群就散了。他呆呆地望着村人的背影，迟迟吐不出心里憋着的那句话，“我爹是冤枉的！”

但石给但弓打了电话，“狗日的但弓，树是不是你偷走的！”但弓显得很镇定，“哥，你怎么张口就骂人啊？什么树，那棵树被偷了吗？哎，早知道卖给‘九鼎’不是更好，还可以赚五百万呢！什么，二爷不吃不喝，他这不是傻吗，人要偷树，他守得了吗？这么多年村里没给他一分钱辛劳费，现在树没了倒怪起他来了，这还有天理吗……”但弓在那头没完没了，气得但石一把摔了电话。

但老汉迷迷糊糊做了个梦，梦见罗汉松站在大风中，一只胳臂无力地垂挂下来，另一只胳臂缓缓冲他晃动着，仿佛在和他打招呼。树身上显出一副苍老的面孔，白胡须围绕的嘴唇似在上下翕动，发出嗡嗡苍苍的声音。他像是冲他说着什么，可风呼呼地不断刮过耳边，但老汉将手笼在耳廓上，费劲地听啊听，还是听不清楚……这个梦让但老汉相信，罗汉松还在这世上的某个地方，他还没有被人肢解得面目全非，他还在向他发出召唤，他要去找他，他一定能找到他。

但老汉重新开始进食了，先是稀饭，然后是干饭，一碗、两碗、三碗，他要尽快恢复体力。他让但石找出但弓的那张名片，让但石一个字一个字教他记熟地址。但石要陪他去，他说不用，剩下的古树还要人照料，不能再让人偷走了。他交代但石一定要每天去看一趟，这么大的树，地下盘根错节，抓地抓得深，一天是没法搬走的。

但老汉是在九鼎房地产有限公司的总部找到的但弓，不，是但乃。这里的人都叫他但助理，但老汉不管他是但乃，还是但助理，一看见他就冲上去，一把揪住了他的耳朵。但乃本想在同事面前保住体面的，可被揪的耳朵实在太疼，终于忍不住大叫起来，“二爷，你这是搞么子，让人看笑话！”

但老汉眼里都是火，哪里还看得到四处聚积过来的目光，“狗日的臭小子，说，你把罗汉松弄哪去了？”“哎呀，那么大棵树，我能弄哪去，我敢弄哪去！你不是把那个看得比我的命还重吗？”但弓摆出一脸无赖的表情，目光从上方斜睨着但老汉。但老汉气得嘴唇直打哆嗦，手抖抖地举起来，被但弓一把抓住了，“二爷，这里不是你耍蛮的地方，这里人都看着呢。”但老汉这才注意到螺旋形的玻璃楼梯和楼道上，四处是闪闪烁烁的目光。

但老汉被但弓领进了自己的公寓，他本不打算来的，他随便在广场铺张报纸就能睡，可他不能白来这一趟，他认定了是但弓弄走了那棵树，他要找到那棵树的下落。城里的街道宽得他弄不清楚该往哪边走，像迷宫一样的公寓楼也让他弄不清楚左还是右，电梯坐得他头晕晕乎乎，从窗户望出去，大片大片的玻璃反射得到处都是晃得人眼晕的光。可他还是要住下来，他要找那棵树。

他将这公寓附近和九鼎公司总部都跑了个遍，也没寻见那棵古罗汉松。难道这树真不是他们偷的？这念头一划过就被但老汉给否定了，他打心眼里认定，罗汉松一定是他们偷的！

“二爷，我们顾经理听说你来了，要请你吃饭。”但弓喜滋滋的。“顾经理？就是上次去看树的那个？他为什么请我吃饭？”“他是敬重您是嘘村的傩神，他从报纸上知道你是扮‘八十大王’的传奇人物，飞身过桥那次……”但老汉决定赴约，他要找那棵树。

晚宴在一家豪华的酒店里，地板亮得像玻璃，但老汉小心翼翼地走在上面，竭力挺直腰板，并推开了但弓想要搀扶他的手。他是嘘村来的，不能丢了嘘村人的脸。顾经理显得很和气，一个劲地夸赞但老汉和嘘村的傩舞，是地方民俗遗存中的经典与精粹。说起傩舞，但老汉有满肚子的故事和门道，可他没有忘记那棵树，看顾经理喝得两腮酡红了，他站起身来，“顾经理，我是个粗人，不喜欢绕圈圈，我想爽快地问一句，你也爽快地答我一句。”顾经理一愣，与但弓对视一眼，呵呵一笑，“好，但老伯请说。”

“我们嘘村那棵古罗汉松，是不是你们……弄走了？”顾经理面不改色，从容一笑，再与但弓对视一眼，“我要说没有，但老伯你信吗?”但老汉拿一双泛着血丝的眼睛盯着他，一脸庄重，“我们嘘村人有句话，好男儿不打诳语，做人做事对得起天地良心，今儿你说，我信!”

顾经理低眉一笑，抬起头来，“那我就说没有，但老伯我先满饮此杯。”但老汉迟疑一下，也将杯中的酒一口饮尽了。这晚但老汉醉了，喝惯家里自酿水酒的肠胃，不能适应这几百上千元一瓶的酒，还没到家他就吐得一塌糊涂，一串串胡话往外冒。半夜，睡得昏沉沉的他猛地坐起，吓得睡在沙发上的但弓赶忙跑过来看，但老汉迷瞪瞪地瞧一瞧他，忽地抬手一指，“是你，我知道是你，偷的!”但弓蓦地惊出一身冷汗，可是但老汉话音刚落，浑身一散，又倒在了床上。但弓抚一抚胸口，深深吐出一口气来。

但老汉深醉之后，头痛欲裂，在床上歇了两天。第三天，他走下楼拨通了荀记者的电话。离家前，但老汉让但石将收到的所有名片都过了一遍，挑出几个记在了随身的一个小本子上。荀记者马上答应来公寓附近和他见面。

但老汉将事情经过仔细说了一遍，请荀记者想办法为他找树。荀记者问他可有古罗汉松的资料或图片，这样她报道出来可能更有效果，而且树和人还不一样，就是按图索骥也不一定能找到。但老汉与荀记者分手后，马上打电话给但石，要他问问村里可给古罗汉松拍过照片，找到的话马上寄来。

但弓似乎对他住在这里，并不嫌弃，父子俩的关系反而比在嘘村时显得柔和。但老汉是一心一意想找到树，但弓呢心里另有谋划。顾经理和他说了，想在盛世辉煌第一期开盘时，来点与众不同的表演，若是但老汉肯戴着“八十大王”的傩面具来上一段，一定能取得非同一般的效果。但弓知道这事非常难，但老汉视“八十大王”如神，平时敬放在箱笼里连动都不去动一下，哪会随随便便拿来娱人。可他也知道顾经理一旦动了念头，就很难放弃，他夹在中间不好断然回绝，只好尽量两边拖延。他想好了，事到临头就推脱但老汉病重无法舞傩，蒙混过去。

但他没想到，百密终有一疏。但老汉无意中瞥见了盛世辉煌首期开盘的宣传单，那上面赫然立着一棵树，但老汉的心跳顿时如擂鼓一般，只一眼，他就认出了这是嘘村的古罗汉松。立时，一股热流直冲眼眶。他狗日的，那顾经理演得多真啊，没有，这是没有吗？这树就明明白白摆在这上头呢！但老汉本打算将宣传单一把摔在但弓的脸上，摔在顾经理的脸上，可他想一想忍住了，对于这群流氓，就是将全嘘村人的唾沫啐到他们脸上又有什么用，他们照样拿手抹一把，从容露出笑容。

他冷静地想了一想，将电话打给荀记者。“我找到树了。”但老汉将盛世辉煌的宣传单摆在她面前，荀记者接过去端详半天，“怎么能确定是那棵树，在我看来，很多树长得一个模样。”

“我认得，我守这些树守了三十年啊。”但老汉斩钉截铁。荀记者再次沉默了，九鼎房地产有限公司是当地媒体知名的广告客户，宣传向来是大手笔，这次盛世辉煌首期开盘肯定也是在媒体上全方面轰炸，这样的新闻稿即使写出来，也注定会在见报前被枪毙掉，她也会被主编批“没眼色”。可她不知道怎么和这个老人解释，她不忍心去看他布满血丝的眼睛，他将希望寄放在她身上的那种眼神。可她只能和他说抱歉，她帮不了他。

但老汉掩饰不住满脸的失望，但是他不能为难一个记者，他只能靠自己。他决定拼一下。

他揣着盛世辉煌的宣传单，直接撞开了九鼎公司总部总经理室，可能因为大家都知道他是但弓的父亲、顾经理敬重的客人，这让他通行无阻地直达顾经理面前。但老汉没有将宣传单摔在他脸上，而是挺直脊背，声音响亮，仿佛“八十大王”的傩具正佩戴在他的头上。“这是嘘村的古罗汉松，我认得！”

顾经理似乎并不意外，莞尔一笑，“但老伯，我只能非常遗憾地告诉你，你弄错了。”但老汉也没有慌，依然声音响亮，“我没有弄错！它在我眼里进出了三十年，三十年，比我的孩子还大……”

秘书闻声跑了进来，但弓，不但乃也跑了进来。顾经理不慌不忙地冲但乃点一点头，“去，将资料拿来给你二爷看。”

但乃很快将一沓资料递到了但老汉手里，他知道但老汉有很多字不认识，一页一页翻读给他，“这棵树是从云南大山里运来的，手续齐全，这是当地政府盖的公章，这里记录的是树的年龄、品种、尺寸、原址，都一清二楚。二爷，这不是嘘村的古树……”

顾经理一直含笑注视着这对父子。“但助理，你将这些资料给你二爷复印一份，让他带回去好好研究比对一下。”但弓出去又进来，但老汉一直站在那里，挺直了脊梁，任由一股悲凉之气从丹田之处徐徐升起，慢慢灌注了自己的五脏六腑。

但老汉悄悄去看过那棵树，那棵有一千二百岁的古罗汉松。他熟悉他每一个侧面的表情，熟悉他身体上的每一个节突，每一块疤痕。可是，他们说这不是他！他们宁可睁眼说瞎话，还把谎话说得像真的一样。这是他们的本事。

古罗汉松的四周，竖起了一道齐人高的不锈钢圈。但老汉伸出手也触摸不到树身，他很想问问罗汉松有没有想家，有没有想嘘村？可是，高高的罗汉松在散发着冰冷光泽的钢圈背后，是那么沉默和遥远。

但老汉很想放一把火将这满院子的高楼都给烧了，可他知道，小小的一把火在这砖石铺成的硬邦邦、冷冰冰的世界里，连一块砖头都烧不透。他没脸回嘘村了，回到那里他把自己的脸往哪搁呢？之前是不知道古罗汉松在哪儿，现在知道了，他就在自己儿子供事的公司里，就堂而皇之地立在这高楼中间，可是他领不回它，领不回这棵属于嘘村的古树。他没有本事啊！

保安发现但老汉时，他就睡在古罗汉松脚下，那些钢圈的旁边。保安先是温言相劝，但老汉不离开，嚷嚷说这是嘘村的古树，你们老板偷来的。保安无奈之下用了强力，将他连拖带拽弄出了大门，可转眼工夫但老汉又不知从哪里闯了进去，蹲坐在罗汉树下，一脸抗议的表情。

但弓一听这情况，就知道是但老汉，本想将老头在那里晾两天，一转念，盛世辉煌临近开盘，陆续安排了媒体来采访报道，万一被这事弄砸了，顾经理那儿不好交代。黄昏时分，他带着一份盒饭去了盛世辉煌。

远远地，但弓就瞅见高高的罗汉松下，但老汉一脸肃然地靠钢圈而坐。他还当自己是守树人啊，但弓禁不住摇头哑笑。这个犟老头，守了一辈子树还没守厌吗？嘘村就那么好？这罗汉松在哪不是活啊，在嘘村一年上头都没几个人看得见他，到这里人家当神树供着，天天被人看，被人菩萨一样伺候着，有什么不好？可是他知道这些话摆在但老汉面前，不过是股风影子，根本入不了他的耳。

他走过去闷声不响地靠着但老汉坐下来，盒饭递过去，但老汉不接。“二爷，这真不是你那棵罗汉松，这是顾经理千辛万苦从云南弄回来的，你怎么就抓着个死理不放呢！”但老汉一动不动地盯着高楼罅隙里一朵血红夕阳，不言声。“要我怎么解释，你才肯相信呢？二爷，我求你了，回嘘村吧，没有人会为难你的，那里不是还有十多棵树吗，他们需要你。”

“骗你们自己去吧！”但老汉从牙缝里挤出这几个字。

“那你要怎样？你到底要怎样？这棵树花一千万买的，难不成你也出一千万买下来？”但弓站起身，俯看着但老汉。但老汉头顶上的发不知什么时候全白了，有些日子没理了，稀疏而凌乱地覆盖着深棕色的头皮，几根虬曲的粗筋从鬓角处蜿蜒而下。

但弓从没看过但老汉这么荒颓的样子，从小他看见二爷都是精精神神的，虽然瘦、话不多，但一双腿迈得快捷有力，嚷出的声音中气十足，特别是他扮“八十大王”的时候，人群里的但弓心里那个自豪。

他有些不忍心看老头这副模样，重新坐回到老头身边。夕阳已经整个沉下去，只在西天留下一抹夹灰的残红。“我来和顾经理说说，或许他能帮你找回那棵罗汉松。”但弓瞟眼看看但老汉，老人的眼睛依然灰蒙蒙地注视着远方，看不到一丝惊动。

“不过，你得答应一件事，这里马上开盘了，顾经理想你在这儿表演一场傩舞，你答应了，我就来拜托他罗汉松的事，一定帮你找回那棵树。”但老汉嘴角微微地翘起来，但弓只看得见他的侧影，他看不清楚老头是不是在笑。

但老汉依然每天都去罗汉松脚下坐一整天，及晚保安走过来，他就自动站起身走出盛世辉煌的大门。一日三餐，保安都给他送到手里，他不言不语接过去吃，慢慢地，也对保安说一声谢谢。

但弓在紧锣密鼓地筹划着。但老汉不肯拿出嘘村的“八十大王”，只同意从荀记者那里找些傩舞的照片，让人照着照片上的“八十大王”傩面具临时赶制一个，还有舞傩服装、傩具。

这事定下后，但老汉就不再过问，由着但弓去准备，偶尔问问但弓到时场面大不大，看的人多不多，报社、电视台会不会来。但弓这段时间心情格外好，得意地一笑，“那当然，顾经理从来做事都是大手笔，这是他迄今经营的最大一个楼盘了，到时场面一定做得够气派，够辉煌。二爷，这也是为嘘村傩舞长脸的时候，虽然傩具服装是仿制的，二爷表演的时候可要来真的，掺不得一点水分的。到时安排了电视台直播，就是全市的观众都能同步在电视上看到你的表演。顾经理还说了，如果这次做成了，兴许会给嘘村一笔可观的赞助，让嘘村的傩舞也发达发达，这可比你窝在嘘村跳二十年傩舞的贡献大得多。到时，恐怕全嘘村人都会感激你呢！”但老汉似乎也很高兴，含笑不语。

开盘庆典定在 11 月 8 号。提前三天但石从嘘村赶来了，但弓联系好了锣鼓班子，按但老汉的要求，由但石指导密加密地排演了几天。

但老汉的傩舞安排在市领导致辞和顾经理讲话的后面。头一天，但老汉就净了身，不再沾荤腥。次日起了个大早，到现场后由但石为他穿戴好服装和傩具。“八十大王”的傩面具虽是仿制的，但顾经理舍得花大价钱，工艺不错，又刻意做了旧，乍一看和真的几乎一模一样，但老汉戴着“八十大王”端坐在临时改装的化妆间里，一动不动地静等出场时刻。

顾经理的讲话接近尾声，但弓跑进来，“二爷，该你了，快、快！”但老汉一身装扮刚在主席台旁亮相，就引得台下一阵骚动，许多人踮脚伸颈朝这边看。

阳光晴好，将临时搭建的主席台映得亮红一片。但老汉镇定地抬目四望，阳光有些刺眼，观众确实很多，台沿排着许多大炮筒，但老汉依稀看见荀记者和那位美籍华人也在其中。几台摄像机分别从不同方位对准现场，这场面确实比在嘘村华丽也辉煌许多。但老汉一脸肃穆，端起铜锤，摆好架势。

锣鼓声铿锵而起，一曲细细的笛音婉转游动，提亮了锣鼓的音色，也婉转了锣鼓的坚硬。这是但老汉特别强调的，嘘村的傩舞自古就有笛子伴奏，这是不同于其他地方傩舞的一个标志。为了找到能与锣鼓完美配合的吹笛手，但弓颇费了些周折。

但老汉一手握斧，一手提袍褂，脚步噔噔有声地上了台，台下顿时响起热烈的掌声。事先准备的鞭炮也应声炸响，红屑飞溅，浓浓的硝烟漫上舞台，但老汉在烟雾中摆出几个姿势，台下的掌声更加热烈了。

鞭炮声由密而稀，烟雾时开时合。但老汉立住身形，举起铜斧，忽然反身劈向主席台背景幕布上盛世辉煌几个大字，全场顿时一片静寂。观众惊怔一刻，以为这是表演的一部分，随即爆发出雷鸣般的掌声。

虽是道具，但但老汉这一劈力度不小，铜斧划破了幕布，且将背景墙给扯歪了。但老汉连劈三下，回过身来，怒目望向台下，用戏腔慢而有力地唱道：

“什么盛世辉煌，不过骗子行世，大家看身后这棵罗汉松，本是我嘘村祖辈手植的千年古树，被这、这群窃贼给偷——偷——偷到这里，今天我但士泉就是来讨回个公——道！”

但老汉将目光回旋，望定顾经理，怒目而视。

不知台下谁叫了一声“好”，顿时响起如潮的叫好声。有人急慌慌点燃鞭炮，红屑飞溅，浓稠的烟雾漫向舞台，将挺立在舞台正中、怒目圆睁的但老汉和他的声音被淹没在一片白雾之中……

我们去跳和合吧

王士荃在城里第一次看到王士土是通过电视屏幕。其时，王士土正将自己悬挂在一座未完工的七层楼的外墙边，随风轻轻摆动。他的头上，顺一根绳子垂挂下来一幅白底红字条幅，上面几个似乎还墨迹淋漓的大字：还我血汗钱！王士土的脸被寒风吹得像一块极度缩水的黄瓜。前来采访的记者说，从凌晨六点开始，他已经将自己这样悬挂了十个小时，不吃不喝，一旦有人靠近，或试图解救他，他就像突然被激活了一般，亮出右手上的一柄小刀，做欲割断绳索状。警局的谈判专家已经劝说了八个小时，无效，他只认一个理，当场将七万块钱分发到他们施工队的同伴手里，这事才算完。

王士荃嘴角微微一翘，露出一抹哂笑，这家伙对自己也忒狠了，做做样子就可以了，何至于将自己吊得像块腌肉。这时他还没认出王士土。直到一个特写镜头定格在王士土的脸上，半掩的眼皮，枯裂的嘴唇，木然得近乎僵硬的五官，斜上的眉峰透出一股倔强暴戾之气。王士荃不禁搁下筷子，收束了漫不经心的表情，这人怎么像同村的王土土，不，是王士土。

镜头切换，记者在采访现场的警察和围观者。警察说欠钱的老板关机，他们花了四个小时才联系上，已经勒令他去筹钱了，可四个小时过去钱还没送来。围观者中有被欠薪者，其中一个看起来不过十来岁的孩子，眼泪在脸上冲出了纵横交错的灰道道。他拿涂满水泥灰的手指着吊挂在半空的那抹黑影子，话说得语无伦次，“王哥、王哥是为了我们才这样的，我们给他打电话，总是关机，总是关机，说等等，一等三个月，再一等又是三个月，王哥说不这样我们就甭想拿到钱了，他豁出这条命了……”王士垄嘴咧得更开了，整得像个英雄，演得挺真。

这时他几乎可以认定是王士土了。读小学时，第一天老师挨个点名，点到“王土土”，连叫三声都没人答应，就跳过去。末了，老师问有谁没点到名的站起来，一个头发仿佛鸟窝的男孩懒洋洋站起身来，“我。”“你叫什么名字?”“王士土!”这一声像要冲破屋顶，而且个个是重音。老师眼睛一瞄，笑了，“哦，我刚才念成王土土了，你怎么不答应一声，告诉我。”“我不知道是叫我，老师，我叫王士土，不叫王土土，大王的王，士官的士，土地爷爷的土……”男孩答得一本正经，孩子们却憋不住全都哄笑起来，王士垄也笑了，这家伙是鼻子里插蒜——装象啊。

学校教室不够，一年级学生就在平房的通道上课，每人从家里带个小板凳。王士土从来不带板凳，有时进了校门顺便从围墙哪个旮旯掏摸两块砖头，有时在路上捡块大点的石头，运气不好的时候干脆拿书包垫在屁股下面，本来个子就小，比别人矮了不止一截，看不到黑板上的字就或蹲或单腿跪在地上，但他从来不双腿跪，说那不是给老师和前面的同学行礼磕头嘛。

几乎每个同学都领受过他自作主张送的“礼物”——伸手进书包摸到一个软绵绵的东西，吓得抽筋似的猛跳几下，王士土乐呵呵跑过去伸手一抓一拖，原来是条瞪着眼珠子、被拔去了毒牙的蛇；掀开文具盒，五六只蚱蜢同时蹿出来，奔向不同的方向；趁女孩不注意，在小板凳边缘的缝隙里嵌一枚图钉，“划拉”一声，女孩的裤子裂开个大口子；更严重的一次，一个平素家境不错、惯于欺负其他孩子的男生，带了一种茶褐色的水来喝，说是叔叔从城里带来的红茶菌液，包治百病，王士土趁他不注意，将茶壶里的水倒出半拉，冲里面撒了半泡尿，看看颜色不对，又舀了点小沟里内容复杂的水。他如愿地听到了男生发出的惨叫声，接着是一连串的咒骂。

王士土的能耐在于他有定力，哪怕全世界都笑翻了天，他依然一脸镇定淡然，哪怕全世界都知道是他干的，他也能一脸无辜地反驳，“不是我，我王士土怎么会做出这样的事来呢，我可是大王的王，士官的士，土地爷爷的土！”那表情仿佛他真的不屑于做这么小儿科的事。

不知是谁打头，大家都开始叫他王土土，这叫法里含有报复的意味，其实是万般无奈之举。唯一还叫“王士土”的人，只剩下他自己，每当他开口说“我是大王的王……”，马上会从某个角落里传来一声或几声“王土土”。可是，这依然无法打击王士土的嚣张气焰，他的恶作剧让人防不胜防。一次，王士土看见校长进了厕所，而校长前不久刚刚亲自惩罚了他和另外两个调皮捣蛋、累教不改的学生，王士土的爸被叫到校办公室，倾听关于儿子的罪状长达两个小时，是其他两名学生罪状时长之和。当晚，王士土的惨叫声响遍了整个村庄。一直在等待校长走进厕所的王士土，一溜烟窜向化粪池。需要说明的是，学校的厕所建在校园中部，化粪池则建在离厕所二十米远的马路边，以方便掏粪工作业。王士土早已存放了几块大砖头在池边，他忍着恶臭将砖块奋力砸向化粪池，一个、两个、三个、四个、五个，他看到满池斑斓的色彩由静止而震荡、涌动，五秒钟过后校园深处传来了校长气急败坏的叫骂声。据说，校长被涌溅而起的粪水糊满了屁股，用了六桶水都没洗干净。

但是，这并不是王士垄熟识王士土的原因，他比王士土高一个年级。两人真正有所交集是在王士垄读三年级那年的年关，两人被村人选出来搭档跳和合。村里的跳和合都是由男孩来跳。按理，王士垄大一岁，个子略高，该当跳和仙，王士土跳合仙。可临到排练时，王士土非要跳和仙，理由是没有理由，他就是要跳和仙。头首有些恼，正要发炸摔家什，王士垄轻声说，“依他吧，我跳合仙。”

两人分别穿上和、合仙官的衣服。和仙是一身红色衣裤，腹部塞成鼓鼓囊囊的“宰相肚”，右手握毛笔，左手拿木筒；合仙则在红色衣裤的外面套上黑色背心，腰系白色围裙，左手拿算盘，右手拈花巾。“啧啧，瞧你细皮嫩肉、眉清目秀的，不跳合仙真是可惜了，我是为你着想。”王士土说得一本正经。王士垄无言一笑，不就是个跳和合嘛，有什么必要较真。

这一年，他们的合作相当成功，和仙舞得英气飒爽，合仙温婉柔媚。因为戴着大头面具的缘故，喜眉笑眼的大脸壳与明显不合比例的小小身体显得稚态可掬，惹得围观的乡民爆发出一阵阵的笑声。和仙站着舞，合仙则或蹲或跪。间或，王士土心血来潮来两个即兴动作，仿佛是挑逗合仙似的，王士荃就配合地做出回身害羞状，或是低头含蓄状，引得观众一阵哄笑。他们也不过在一起练了六个晚上，却是胜过了以往任何一年的和合配对。

因了这份机缘，王士荃对这个闻名全校的“王士土”就不再陌生了。也许是在同班甚至同年级都找不到一个玩伴，王士土经常到王士荃的班上来找他，带着他上树摘果，下河摸鱼，上山抓蛇，进洞捉鼠……王士土的种种恶作剧都会事先向他描述一番，有声有色，似乎比过程本身更精彩，可是王士荃从来没有参与的兴味，他只是袖手旁观，不肯去碰那些在他看来脏兮兮的东西。即使是保持距离的旁观，他也能从王士土捕捉这些东西的兴致中体会到一种历险的快感，仿佛鸡雏就要冲出壳，蝌蚪就要蹦出卵胚。

他们构成了一对奇怪的搭档，互动不多，但一样紧密。不可避免地，王士荃的成绩开始下滑，引起了爸妈和老师的双重警醒。对于儿子与王士土的跳和合搭档，王士荃的爸妈很不满意，他们自认儿子是村中出类拔萃的好苗子，却偏偏摊上这么个坏了种坯的王士土，可乡里乡亲不好伤和气，年关里更不容闹翻脸，这事也就马虎过去了，可没想到王士土就此缠上了自家儿子，这不是把这么个清水苗子往浑水里带?

王士荃的爸妈与老师联合作战，严防死守，看见王士土在教室外面伸头探脑，老师就像赶苍蝇一样上前驱赶，他深知自己力量单薄，又发动了全班同学，这下子王士土再也没可能在学校接触王士荃了。从学校一出来，王士荃就被他爸妈接管了，不管有多忙，哪怕是双抢时节，也必会在放学时间抽出一个人去接王士荃。在这一切战略战术实施过程中，王士荃依然是袖手旁观，仿佛他和王士土之间的友谊从来都是单方面的事，这让王士土由连续不断的失望而发酵出一腔气恼来：你王士荃当自己是个什么人物啊，我王士土才不稀罕你呢！他想到做到，从这念头一出，立马将王士荃从记忆库中清空，从那以后他再没出现在王士荃的视线范围内。

王士荃惶惑过，不知道该不该为这份友情反抗一下，可仔细一思谋，自己似乎并不喜欢王士土，从头至尾都是他主动粘上来的。当王士土不再出现时，他也拿目光寻找过他，可是王士土将自己消除得那么干净，他也就自然而然地回归了正常轨道。两年后，王士荃以全县第一名的成绩考进县一中，轰动了整个校园，学校专门挂出了红底白字的大横幅。沉浸在喜悦和荣宠之中的王士荃收到了一份礼物。

礼物放在他家门口，用一个看上去颇为端正的纸盒装着，上面端正地贴了张纸，写着“合仙收”。王士荃一看这几个字就知道是谁送的，心脏顿时不受控制地激窜起来，他涨红脸手势笨拙地打开盒盖，冷不防一只拳头蹦出来，砸在他的鼻子上，他的心脏停跳一刻，等回过神来，他在拳头的下面发现了一张小纸条，“和仙贺”。这一拳意味不明，王士荃不能从中悟出是王士土的恭贺，还是怨怪、报复。从那以后，他就再没见过王士土了。

王士荃看的是一档社会新闻节目，当天这事并没有结果。王士荃没睡好，过往的一些画面不受控制地在脑海里晃。第二天的报纸，他看得格外留心，果然，在社会新闻版有关于此事的报道，报道配发了一张照片，是几个农民工模样的人每人手拿一沓钱喜笑颜开的样子，王士土居中，笑出了十二颗牙齿。

王士荃的嘴唇也不禁咧开来，一拍桌子，这个“王士土”！

王士荃和王士土的真正重逢在三年后。这三年，王士荃的生活来了个急转弯，一度晃得他身心站立不稳。急转弯之前，他是财政局的一个科级干部。就在从电视屏幕上看到王士土后没多久，财政局分管他们科的一个副局长被端了，受贿、以权谋私、不正当关系……数罪并发。虽然这事和王士荃没多大关系，可还是受到牵连，也让他感到仕途的虚幻和为官的风险，不免心冷意淡，堕入迷惘。也是机缘巧合，他读武大时的一个同学正想请他去做公司的顾问，两人见面聊了一次一拍即合，王士荃凭着一腔冲动，一咬牙辞了职。同学让他担纲一家分公司的总经理，那时王士荃还不知道这海水有多深，靠着一股子意气和多年优等生积攒起来的自信作底，谁知刚一探脚就猛喝了几口又腥又咸的海水。

以前他是处在利益链的末端，相对单纯。他不知道溯流而上，进入利益链的中部，那才叫做盘根错节，乱局迷眼，非得有经商大智慧的人才能游刃有余，应付裕如。王士荃使出了在财政局时的百倍力气，才勉强躲过了呛水窒息的危险，可独力靠两腿不停地蹬踏海水，吃力不说，也非长久之计。他心里一直在思谋解救自己之道，直到一个浪头迎面砸来。

王士荃接手时，公司就有几笔呆账，同学原本想借助他在财政部门的力量，帮忙解开这些扣。谁知王士荃一口气辞了职，他虽然在财政部门算混得了脸熟，但体制内与体制外毕竟有区别，加上他经验不足，这几笔呆账一直没有解决，两年间又添了几笔新的。这让同学心里颇不满意，面上虽然维持和气，却暗中掐断了对这家公司的资金供给，王士荃一下子落入了资金周转不灵的境地。他厚着脸皮找朋友周转了一笔钱，但自己也知道这只是暂缓危机之法。如果将几笔陈年的呆账收回来，等在建的二期工程顺利封顶，开盘，资金链就可以重新盘活。可要收回呆账谈何容易?

那天，王士荃独自开车回家，一眼撞见一个似曾相识的面孔，细一看是电视宣传广告《士兵突击》里的那个愣头青。他的脸部轮廓、发型，特别是那眼神，简直和王士土像一个模子里刻出来的。这一眼，让王士荃心里豁然开朗，对，就是他!

在一个有三百多万人口的城市，要寻找一个久无音讯的人并不容易。好在他们是老乡，老乡的概念并不只是扎根在老家同一片土地上的人，更是蔓延到许许多多陌生城市的一张网，他们的根须在地面下相互牵系，这是如同血缘一样天然亲和密切的关系。

终于，王士荃在一个工地找到了王士土。他是六年前跟着一个同村老乡来城里的，那个老乡在城里打拼几年，积攒了一点资本后自己搭架子做起了包工头，王士土跟着他转战了八九个工地。自从他加盟后，这支野草班子的施工队就中断了被人赖账的历史，王士土总有办法让工友们拿到辛苦钱，这也让他的威信在这支施工队里一路飙升，现在已经是仅次于那位老乡的副头首了。

王士垄知道王士土的脾性，知道非自己出面不可，托人带话或是居高施压肯定行不通。王士垄仔细准备了一份见面礼。他找遍了城里大大小小的商店，终于让他看到一对泥偶，一个穿着红色衣裤，挺着夸张的“宰相肚”，一个在红色衣裤外面套着黑背心、白围裙，一个站着舞开两手，一个单腿跪着以手掩面，喜眉笑眼的大头和小小的身体既生动又谐趣。他将泥偶放在一个端正的纸盒子里，上面贴一张纸，写上“赠和仙”。泥偶下面放了一张纸条，上面也写了几个字。

王士垄带着这份礼物突然出现在入夜的工棚里时，众人吓了一跳。事先考虑到可能的尴尬，王士垄特地将西服换成了一套休闲服，可这身服装在凌乱的工棚里还是有些触目惊心。屋里一盏昏黄的灯，王士垄根本看不清谁是王士土，他只好问离门最近的那一位。那人冲着里屋叫一声，“王土土！”这叫法让王士垄不禁莞尔。

一个上身打着赤膊的男子从里屋走出来，蓬长的头发上满是灰，脸和身子刚洗过了，清晰的几块胸肌与腹肌。多年不见，当年又瘦又小的王士土脱胎换骨了，只是脸的轮廓还在，眼神还在。他显然没能认出王士垄，挑起眉峰硬硬地问了一句，“你是谁？”

王士苼客气地一笑，“士土，我是王士苼，当年和你一起跳过和合的。”屋里的人都应声围了过来，将两人团在中间，王士土愣了一下，用手搔一下头发，套上衣服，手在上面蹭了两蹭，这才伸出手来，“士苼啊，叫我王土土吧，我现在叫这名。”

那双手又粗又硬，握住的一瞬间猛地一加力，王士苼差点叫出声来，他竭力忍住，保持住体面的笑容。

两人坐进附近的一家茶馆，幽昧的光线也没能化解两人之间的尴尬气氛。王士土始终面目僵硬，问一句答一句，没有惊喜没有诧异没有好奇更没有怨愤。这表情让王士苼觉得十分难堪，他们竟比不认识的老乡更生分。

这样的状况，王士苼没法将纸盒掏出来，也没法将斟酌了好几遍的话顺畅地说出来。两人只简短地应答，大致交代清楚了这些年各自的情况。王士土读完初中就辍学了，在田里厮混了一年，开始四处打零工，过得不景气，但娶了老婆，生了孩子，都在老家。王士苼也自说自话地讲了自己的情况，考上大学，分配工作，结婚生子，一切按部就班，然后是一个急转弯，到了现在的公司。王士土似乎对他的生活没有一丝好奇，只在说到两个孩子竟是同年同月生时，脸上露出了一抹笑容。算起来，王士苼的孩子大十五天，是哥哥。

茶只喝了两泡，两人间就没话了。两个大男人面对面沉默地枯坐着，王士苼开始在心里生出后悔。连自己都感觉到这一趟走得蹊跷，更别说王士土了。他几乎已经放弃了初衷，突然王士土打破沉默，“来而不往非礼也。走，你请我喝茶，我请你吃宵夜。”

夜市摊上越入夜越喧腾。王士土并不征求王士荎的意见，点了六瓶啤酒，三盘凉菜，一盘炒粉，启开瓶盖，斟满两杯，“我们，二十二年没见了吧?”

王士荎心里一算，确实。王士土举起酒杯，冲王士荎面前桌上的那杯一碰，仰脖一饮而尽，“那份礼物，你收到了吧?”

王士荎一愣，笑了，“收到，这里，挨了一拳。”他拿手点住鼻子。王士土攒眉一笑，“知道我为了买那个东西，打了多久的工吗?三个月。我在一家砖场搬了三个月砖。跑到县城商场，挑得眼睛都成了‘斗鸡眼’啊，最后选了那个。刺激吧?”

王士荎点点头，不知怎么一股热流直涌向眼眶。这股热流来得莫名其妙。此时，在头顶似乎被喧闹声晃动的灯光下，王士土的脸仿佛才活了起来，他咧开嘴露出了四颗牙齿，“你这个臭小子，眼比天高，看不起人是吧?”他举起手连摇几摇，不容王士荎说话，“可是，你看不起我，这个礼物我也要送，我们一起跳过和合是吧?”王士土笑得更开了，八颗白白亮亮的牙齿露出来。他将双手展开来，仿佛拿着毛笔和木筒，在空中虚虚地舞动几下，嘴里哼唱着锣鼓点子，“卜咚卜咚嘎嘎切——卜咚卜咚嘎嘎切——”

王士荎望着灯影中的王士土，鼻根那儿更酸更热了。内里也仿佛有一股热流在涌动，小时的一幕被唤醒了，热烈而诙谐的锣鼓点子，众人围观的哄笑声，和仙与合仙的手舞足蹈一唱一和。

王士土腾出一只手来，示意他也舞起来，可他憨憨傻傻地笑着，就是无法抬起胳臂。他能感觉到四周桌子上聚焦过来的目光，在旁人眼里，这是两个有些疯癫的人吧。他深吸一口气，将那股热流逼回身体深处，竭力笑着看定王士土，动作缓慢地掏出盒子，将它推到王士土的面前。

王士土的手臂停在了半空中，锣鼓点子也中断了。盒子上端正的几个字——“赠和仙”，这份回礼来得有些晚了。

王士土抬起头深深地看了王士苼一眼，然后毫不犹豫地打开了盒子，不是意想中的拳头，而是一对对舞的和、合仙官。

王士苼看见王士土的眼睛变得细长，眼角铺起了射线般的纹路。他轻轻摇着头，将和仙拿出来，托在手掌上，准备拿出合仙时，他看见了下面的纸条。

他径直将纸条拿出来，举到灯光下，两朵橘黄色的光彩正好落在他的眼睛里。王士苼静静地看着他。那张纸条上写着：

“我们去跳和合吧！”

王士苼与王士土的这一场和合之舞一跳五年，同样堪称完美。

初到公司时，王士苼直接任命他为公司总经理助理，人谓“直系空降部队”，都不敢小视。王士土却不以为意，大大咧咧让大家叫他“王土土”，自诩为消防员和万金油，职责是哪里失火哪里扑救，哪里痛痒哪里涂抹。可是有了他这个消防员和万金油，就好像盘活了整个公司。他并无多少商场历练，也谈不上多有决策头脑，可他不喜欢按常理出牌，却偏偏可以在这个规则已无定型、到处充满弹性的社会上行得通。

很多时候，他和王士苼构成反差，一个唱红脸一个唱白脸，一个中规中矩一个旁道斜出，一个一本正经一个滑稽幽默，一个单刀直入一个暗器相随，一个前呼后拥一个剪径出没，看似并不合辙，却总能把戏唱成。

王士苼将最为棘手的追债一环交托给王土土。王土土先对几个追债对象做了一番暗中调查，除了公司的经济状况、真实实力、发展战略、当前开发项目，更多的则是对方的爱憎喜恶、至爱亲朋、红颜或蓝颜知己、隐秘外室、生活习惯等等，每个人一本详细资料搁在了王士苼的案头。

王士苼看完不得要领，以为王土土是以此为凭证来要经办费用。"你有没把握追回来？放心，我先拨给你五万运作资金，一旦追回来再按百分之五提成，马上兑现。"

王土土并没想到这一层，他本打算和王士苼细摆摆自己的行动计划，这些计划都充分地体现了他王土土的独特智慧，让他颇为自得，可是王士苼显然没有兴趣也没有精力细听他的分析，王士苼要的是结果，至于过程，只要不违法而有效就成。

王土土亲自搜罗了几个人，开始没日没夜地忙乎起来。他看似粗蛮，使的却不是蛮劲是巧劲。比如一家行政事业单位与公司合作盖了一栋楼，楼接近收尾单位的一把手调走了，王士苼得到消息时新的一把手已经走马上任三个月，楼交过去尾款却迟迟不拨过来，公司派人要了几次没结果。王士苼也托人找了几次前任和新任一把手，前任自然不肯认账了，新任倒是口头答应下来，却不落实到行动，而且传出话来前任盖这个楼弄得内部职工意见很大，楼虽盖好了却一直没有使用，他这个新任不能掏冤枉钱来给人垫背擦屁股。

王土土先从这家下手，他已经调查清楚这家单位资金富裕得很，若想支付绝对不存在什么压力，关键是一把手的态度。他叫人做了几个巨大的喷绘幕布，悬挂在了那栋楼的四面墙体上，上面写着“黄金地段”“急缺资金”“贱价招租”“千金难买的良机”等等极具煽动性的词句，最下面印着他的手机号码，每个数字都有一个人高，隔着百来米远就能看得一清二楚。然后，他跷起二郎腿坐等手机响。

果然，在几个求租电话之后，王土土接到了那家事业单位办公室打来的电话，询问那栋楼在招租是怎么回事。王土土理直气壮地说，“你是不是想租房，如果不是，我有权不回答任何与此无关的问题。”说完，挂了电话。同样的号码一连响了几次，王土土不再接听，直到陌生的电话打进来。还是那家事业单位的，换了部电话换了个人而已，这次王土土比较有耐性，听完了对方的陈述，然后有条不紊地反驳道：“你说这栋楼的产权归你们所有，可是你们尚未付清工程款，我们公司在讨要两年未果的情况下，不得不维护自己的合法权益。”对方就合法权益与他争论起来。

王土土将手机启动扬声器，搁到一边开始看另一份追债资料。对方喋喋不休半天，终于静了音，王土土这才拿起手机，用播音般的速度、方言浓重的非标准普通话，开始念读合同上关于尾款支付的条款，末了郑重其事地念出甲方单位的名称。这次，轮到电话那头静了音。

王土土还不打算收手，他还要将这个没诚信的单位戏弄一番。他让人连夜将招租幕布重新换过，下面的咨询电话换成了那家单位新任一把手的手机号码。第二天王士茳接到对方单位打来的电话，说马上将尾款打过来，但是前提条件是先撤下招租幕布。王士茳一听大喜，马上打电话给王土土报告这一喜讯，不料王土土斩钉截铁，“不撤，必须先打款！”

王士茳信守承诺，将到款的百分之五马上打到了王土土的卡上。王土土并没独吞，除奖赏了几个手下外，还买来水果、巧克力、坚果让全公司上上下下都享了口福。这次旗开得胜，让公司士气大涨，也让王土土人气大涨。

紧接着，王土土开始对付一个私营老板。这个老板做事素来大手笔，一次公司的楼盘开盘时，他一气购买了十五套房子。在交付订金和百分之五十的房款后，与该老板称兄道弟的王士茳的前任就将钥匙给了他，十五套房子很快被装修一新，入住了房主。这些房主都是市里要害部门的头头脑脑，即使不是本人，也是与之牵亲带绊的，公司不好直接找这些户主收钱，那私营老板就像是滑滑溜溜的泥鳅，更是难抓住，公司派出了几拨人马追款都无功而返。

对于这个在商场里摸爬滚打已练就一身“神功”的主儿，王土土觉得自己只能使用旁门邪功。他花重金买通了私营老板十分信任的秘书，掌握了老板的行踪。第一次交锋在一家豪华酒店的厕所里。

王土土让人把住厕所门，从口袋里掏出一副墨镜架在脸上，站到那位老板的旁边，拿手重重一拍老板的肩膀，“宋老板，你好啊！”语调里带了五分邪劲儿，老板顿时打了个激灵，将未拉完的尿硬生生憋了回去，但他很快镇定下来，连连点头，“你好！你好！”

“宋老板今天忙，我们就不搅局了，改天再来登门拜访。自我介绍一下，我是‘华夏’房地产公司的王土土，大王的王，土地爷爷的土，土地公公的土。我为十五套房子找了你好久啊，宋老板狡兔三窟，不过我属鼠，会钻洞，再多的窟我都能找到你啊！”宋老板已经完全镇定下来，王土土的口音在他听来乡土气息浓郁，相貌也土得掉渣，墨镜显然是对港台片的拙劣模仿，这番话更是傻得不行。他打马虎眼地点点头，心想出了这门你还想找到我吗？临别，王土土伸手帮宋老板整一整领带，“宋老板后会有期，我们会很快再见的！”

王土土没有食言，当晚在宋老板的一个红颜知己的家门口，宋老板刚一踏出汽车，王土土就出现了。他抱着胳臂斜靠在墙上，“宋老板晚啊！”宋老板面露惊疑，左右看看，地下车库里没有别人，摄像头正对着这边。正琢磨着，王土土已经十分热情地拥上来，搂住了他的肩膀，两人像熟识的朋友走向电梯。

王土土按下7楼，然后亲热地与宋老板说话，“宋老板如果手头有困难，可以分期付款，比如下周的星期五先给我五万，到时我会来取。”电梯停在7楼，王土土没有松手的意思，拥着宋老板的肩将他送到703号房间门口，按响门铃，这才放开手冲宋老板一挥，“宋老板尽兴，周末愉快！”

房门打开，宋老板还愣怔在那儿，半天才回过味来。这一晚，宋老板有些神思恍惚，如在梦中。这一个星期，他都有些神思恍惚，时不时地看看日历，时不时地瞄瞄身后。周五那天，宋老板出了城，他和一个客户去了离城五十公里的一个山庄。

就在车抵达山庄别墅，他的脚刚一跨出车门的一瞬间，他看到了门口倚墙而立的王土土。王土土满面亲热的笑容，宋老板竭力克制住拔腿逃跑的冲动，故作镇定地迎向他。王土土不仅和他握手，也亲热地与他的客户握手，边握边说，“宋老板是我的好朋友，一个相当守信的人，祝你们合作愉快！”转向宋老板，“宋老板真巧，在这里都能遇到，上次说的事办好了吗？”这次换了宋老板亲热地拥住他的肩膀，让客户先进别墅，“我和王总叙两句旧。”

秘书当场将五万元现金交给了王土土，王土土带着验钞机，让手下不慌不忙地将钱过了一遍，这才冲宋老板露出八颗牙齿的笑容，“宋老板，下周五我再来取另外的五万，再会！生意兴隆！”

这是个让宋老板感觉像梦魇一样可怕却又有趣的人物，和人说起他，宋老板自己都摇头讪笑不已，有时说着说着哈哈大笑起来。历时半年，这笔欠款被王土土尽数追回。

每搞定一个，王土土就会出现在王士荃面前，或者将一摞厚墩墩的现金摔在他桌上，或者将一张轻飘飘的支票吹落在他的桌面上，嘴唇通常咧开到露出十二颗牙齿的程度。经过几次实战，王土土总结出了一套克敌制胜的“兵法”，有时用软招有时用硬招，有时用虚招有时用实招，有时用绵力有时用猛劲，有时隔山震虎有时杀鸡骇猴有时曲径通幽有时破釜沉舟……不一而足，再拧巴的主儿都能被他最终降服。

随着追债战果的不断扩大，王土土这个名字在口耳相传中渐渐带上了传奇色彩。王士茎的同学，公司的真正老总对他十分欣赏，好几次在公开场合拍着王土土的肩膀，夸赞他是个“鬼才”。

王士茎的公司气象一新，王土土解了他的后顾之忧，新楼盘顺利开盘上市，按照王土土贡献的几个营销奇招，市场销路非常火爆。王士茎大有扬眉吐气之感，对于王土土他自然是万分感激，每次追债成功都按承诺的比例兑现奖励，有时王土土一个月的收入比他还高。两人都买了车，王士茎买的奔驰，给老婆开，他反正公司里有车。王土土买的一部越野车，他现在装束也大变了，一身“骆驼”，头发理成干练的板寸，竟是十分衬他的脸型，显得英气十足。

新一年的动员会上，老总重点表扬了“华夏”分公司，其中又重点表扬了王土土，称他是既有胆量又有头脑的复合型人才，而这种人才正是公司发展所需要的，希望全体职工向他学习。不知老总是有意还是无意，话里话外都疏忽了王士茎这个“华夏”真正意义上的掌舵人，而将“华夏”欣欣向荣的气象都归根在了王土土的出色上。

坐在前排一群经理中的王士茎面上笑着，心里却泛起一股酸涩。从他加盟这家公司，老总、也就是他昔日的同学对自己就不甚满意，曾经为几件事还曾当众训斥过他，他们曾经是平起平坐的同学，他王士茎也曾是财政局前途无量的年轻干部，之所以下海游到这里是同学一力相邀，并不是他王士奎求着进来的。王土土的加盟，更是他的功劳，是他从民工队伍里将这个人才打捞出来，才能为公司所用，总不能论过时都是他王士奎的，论功时就将他撇清得一干二净。但是这些话，也只能藏在王士奎的心里，他照样给老总敬了酒，而且连敬了三杯，老总喝是喝了，但表情淡淡的。

越过喧腾的人群，王士奎看见王土土端着一杯酸奶去敬老总，老总非要他换白酒，王土土不说自己开了车，而是打一个哈哈，“我喝的是欧总的奶，俗话说有奶便是娘，现在我用这奶来敬娘……”他的话像一串水珠子落进油锅，溅起了如瀑如炸的笑声，老总也笑着拿手指猛点他，边摇着头边将白酒饮进了口。

王土土这番话，王士奎是绝对说不出口的，什么有奶便是娘，你的娘亲在离这里五百里地的村里呢！不就是捧着别人给的饭碗嘛，就什么话都敢往外蹦。王士奎不再出动敬酒，一个人闷头将杯中酒喝了个干净。官场他见识过，商场他现在也见识了，龌龊的东西多得很，不可深想啊。像王土土做的那些事，他王士奎是绝对做不来，也不肯去做的。这么一想，王士奎觉得自己心里那个软塌塌、酸涩涩的地方，硬气了，没感没觉了。等到王土土来敬酒时，王士奎不止心里硬气了，连目光也硬气了，服务员不住地往空杯子里加酒，不知不觉他就喝下了四杯。王土土八颗白白亮亮的牙齿在他眼前晃啊晃，晃得他直眼晕，他指着王土土杯中的酸奶，“土、土土，你这、这个、不、行，服、服务员，拿、拿白酒！”

“士奎，我开了车，等下我送你，来，我就用这个敬你！”王土土伸出一只手扶住他，拿杯子往他的杯子一碰。“不！不、行！你、你是不给我脸，是、不、是！今、天，你、一定、要喝、白、酒！”

“士荃，这次算我欠你的，下次我们单独好好喝。”

“不、不行！你今天、不、不喝，就是不、给我、脸，喝，一定、要、喝！”王士荃的语调突然提高了八度，一张脸已经被酒精泡得血红，全场的目光都聚焦过来。王土土哈哈一笑，“来，服务员，给欧总的奶里点一点酒，我陪老乡兼兄弟喝一口。”王士荃拿手一扑，酸奶泼溅出来，王土土慌忙松开手往后一跳，情急之中还不忘做了个搞怪的姿势，惹得一片哄笑。

王士荃身子晃一晃，拿手扶住桌子，他感觉脸更热了，火烧一般。小时候，他和王土土表演跳和合，他的脸也在面具下面火烧一般，他希望表演快点结束，可是王土土似乎舞得正尽兴，没完没了地逗弄着他，他只能配合地演下去。现在，王土土又要他配合他的表演吗？

一股硬气直冲脑门，王士荃卷着舌头，粗壮了声音，“不，不行！你、不能、拿一、滴酒来、来糊弄我，一、一定要大杯！你不、喝，我、我们就不再是兄、弟！”弟音刚落，只听稀里哗啦的一阵响，王士荃身子一软滑坠下去，连带着桌布、桌布上的杯盘碗碟都哗啦啦跟着坠落下去，砸在他的头上身上。他满头满身成了色彩斑斓的一片。

那次迎新宴，被王士荃视为平生一次奇耻大辱。后来是王土土将他送回家的，满屋的酒气、油渍气、污秽气，开窗透了三天才散干净，而他也一连呕吐了三天才慢慢恢复了正常。

再走进公司，他仿佛感觉每个员工看他的目光都带了一丝躲闪，这躲闪里有嘲弄、有哂笑、有嫌恶、有瞧不起。王土土几乎是在第一时间就到他的办公室来问候他了，他同样从王土土伪装的关切中看出了他内心的嘲笑。

他，王士荃丢了大丑了！如果当时王土土不是硬挺着不喝酒，这场面就会很快过去，淹没在现场无数敬酒的细节中，可是……他连对王土土虚伪地笑一下都不能够了，他冷着脸，只对王土土的询问抱以冷漠的一声“嗯”。王土土连问了三次，见他如此反应，也就反身出去了，留给他一个空空荡荡的办公室。

尽管很想逃离这个地方，可他没有别的地方可去。虽然这不过是别人给的一个饭碗，但他除了这个饭碗就没有别的了。他还要竭力将自己武装起来，将这个饭碗捧好，捧牢。

从这次事件后，欧总对王士荃更加疏远了，很少电话联系他，几次有事都是直接找王土土。王土土很为难，不知该不该和王士荃说，他能感觉到王士荃对自己态度的变化，但他不愿意相信仅仅是一次敬酒事件，就能颠覆他们之间长达二十多年的友情，况且这又算他妈的一个什么事件呢！在生活里面，这样的事太稀松平常了。他觉得王士荃大可不必为此耿耿于怀。

考虑再三，他还是将老总交代的事向王士荃汇报了，王士荃不言不语，仿佛没看见、听见他这个人。王土土心一拧：你王士荃不就是官高一级吗，当自己多大个人物啊，我还不屌你了呢！不是为了你，我还不肯走进这里呢，你以为每天把自己装在套子里有多舒服？很多话不能说，很多事不能做，比我王土土当民工那会儿憋屈多了……他不再走进王士荃的办公室，等着他主动联系自己。

王土土并没真正闲着，他将最后一笔欠款，也是拖得最久最难追的一笔给追回来了。这一次对方甚至动用了黑社会的力量，声言再闹下去就毁了“华夏”的招牌，灭了“华夏”老总的后。虽然这很可能只是对方故意放的狠话，丢的烟雾弹，但王土土不敢掉以轻心。他没有惊动王士荃，怕他承受不起，派人将王士荃的儿子西瓜保护起来了，每天人跟人地随他上学放学。而他自己想了很多办法，最后想明白一点，不能以暴对暴，对方的意气一旦被点燃，战火升级，后果难料，有可能两败俱伤，最后这钱都浪费在收拾烂摊子上。但是对付这样的主儿又不能太过示软，一旦示软这钱就别想收回来了。

这个主儿其实曾经是欧总的朋友兼合伙人之一，他俩和另两个朋友一起创办了这家公司，当公司发展到一定规模后，因为种种原因此人与欧总闹翻，退出了公司，临走将“华夏”建的一栋楼房拿走以抵他最初的投资，但是这栋楼的市场估价远远大于他最初的投入资金，欧总派人出面讨要，对方却不理不睬，一口咬定当年的投资加回报根本不止一栋楼。王土土了解到对方这几年确实走背运，几项投资都不理想，加上老母得了癌症，整个人处于命运和情感的低谷一直没走出来。他放出的狠话，实际上还带有昔日的怨结。

整个事情更深一层的背景，也让王土土给掏摸到了，原来当年那人和欧总闹翻，关于公司发展的不同看法是一个方面，最主要的却是为了红颜。那人当年钟意的一个女人，最终被欧总娶进了门，所谓一怒为红颜，英雄难过美人关，俗而又俗的情节。王土土清楚这些后，决定出“情”字牌。他不知从哪里打听来一个帮助癌症化疗病人恢复和预防病情恶化的民间药方，这药方刁钻得很，要取五千米雪山上的雪莲做一味药引，价格昂贵，王土土不惜血本买了两箱，以欧总的名义送到了对方家里，箱子里附有详细的服用说明、药效及配方的出处、疗效实例等等，还有购买此药的具体联系方式。王土土想到对方可能对欧总送的礼物不一定信任，将这些附上就是为打消对方疑虑，展现自家的诚意。

这一招还未点中要穴，王土土又寻谋了一个各方面都挺出色、也想找一个有钱有背景男人依靠，以改变贫困家庭背景的女大学生，让她“机缘巧合”遇见了那人。情感事自然是急不得，也勉强不得，经过整整两年的铺垫，两人竟然真的修成了正果，瓜熟蒂落之时，王土土方才从幕后现身，挑明身份，摆出初衷。此时那两人正值温情蜜意之时，对方不仅没将王土土视为处心积虑的骗子，反而尊为牵线媒人。

这笔账款不算多，其实欧总早在心里已经搁下了，没想到居然能收回来，毕竟聊胜于无，况且还修复了旧日情谊，欧总对王土土自然是赞赏有加。

这笔被收进“华夏”公司的账款，按理要按百分之五的提成奖赏王土土，可钱迟迟没有划到王土土的卡上，王土土急需这笔钱，可他不便找王士垄，问了财务几次，财务也帮他问了王士垄，王士垄却是故意不做答复。其实钱不多，十万而已，王士垄这样做却是摆明了姿态，故意凉着你王土土。王土土也硬气，就不去找他，买药的钱他自己掏腰包，花的还不止这个数。

这事不知怎么传到欧总耳朵里，不声不响列了个名目“策划费”，让财务将二十万打到了王土土的卡上。这事公司上下的人都传遍了，将之视为欧总对王土土的另眼相待，甚至有人私下猜度王土土很快就会升职，取代王总坐镇“华夏”了。

这话由一位不喜欢王土土的副经理传到王士垄的耳朵里，不过是想挑起他俩间的争端。王士垄内心惶惑一片，却还沉得住气，毕竟是一个村出来的，还有当年跳和合的情谊、帮他于危局的情谊，他不想和王土土反目。可是，他已经不能再信任王土土了，他不清楚王土土是怎么想的，是否有意取代他？

王士垄开始留意跳槽的机会。

又一年年关近。往年王士垄都是坐王土土的车一起回老家过年。王土土的越野车跑长途顶事，他也不怕长途奔波，喜欢开着越野车在山道上撒野。王士垄谨慎，平时坐惯了公司的车，技术本就不娴熟，何况山道险峻，他宁可坐王土土的便车，好在两家人拼一车正好。

王土土不想将这一年的怨结带进新一年，离小年还离着一个月，他就在犹豫是否主动和王士奎打个招呼。可每次迎面撞见王士奎，他的样子冷得都能掉下冰碴子来。王土土心一硬，也就仰面过去了。

王土土的爸让谷子打电话来，问王土土什么时候回，王土土有点不耐烦，每年都回的急什么急，这人啊年纪一大就爱惦人，巴着望着子女回家。谷子读小学三年级了，王土土曾经想过将他挪到城里来，可想想城里学校整天擂成那样，还读幼儿园呢就开始 a、o、e 了，天然的童真之气早早地就被磨没了。当年，他可是尝够了被学校憋束的苦。他进了公司后，安了家买了车老婆也接过来了，但谷子一直还留在老家。老婆埋怨他，说看人家西瓜，完完全全一个城里孩子的样子了，每天小绅士一样背着书包进出，见了人礼貌地问好，你的仔还在拿衣袖擦鼻涕，忙着掏鸟窝摸鱼挖鼠洞捉泥鳅呢，这再过几年不知比人家仔差了几道弯呢。王土土嘿嘿一笑，不搭话。他也摸不准，越过三十年谷子是感激他，还是怨怪他。

就说他自己，住进了城里的房子，学会了人模狗样地穿衣搭配，可一回到家他还是爱赤脚走来走去，有时傍晚他和老婆出去散步，也会脱了鞋在泥地上踩一踩，只不过城里能踩的泥地比水泥地稀罕多了。他吃多了各种酒店，可还是喜欢老婆做的地地道道的老家风味的那一口，几天不吃就觉得嘴巴淡得没了味，只不过城里的菜蔬用土法炒出来还是比不上在老家。春节，他是怎么都要回去的，让在城里拘束了一年的身心都回去撒撒野，舒舒气。

谷子多幸福，那一大片山野现在还属于他，而西瓜的世界已经缩小到了一个笨重的书包，一个笼子似的教室，一旦奔跑起来就会有人侧目的两点一线。可是，王土土不知道谷子能不能明白这个。他也看到过谷子眼巴巴瞅着西瓜手里游戏机的眼神，看到过谷子粘住西瓜巴不得他多讲讲学校里的事的样子。人生无法万全，这是他王土土用半辈子才悟出来的，双手抓不住很多东西，只能拈最紧要的抓牢了。比如，和王士荃的友谊，在他看来比欧总的赏识重要得多。他王土土是知恩的人，若不是王士荃找到他，他不可能在城里这么轻易地安下家。

王土土让老婆做了家乡口味的土鸡墨鱼汤端去王士荃家，问王士荃的老婆打算何时回老家。王士荃明白此举的意思，却不肯爽快地说个日子。他已经联系妥了一家公司，虽然规模没有这边大，但过去就是主事人，年薪也不差。有了这底牌，人就更加硬气，他冷眼看着王土土在公司里欢腾。

欧总突然召集各分公司负责人开会，也通知了王土土列席参加。"华夏"的人都低声恭贺王土土，王土土嘿嘿一笑，不多言语。王士荃刚坐进小轿车，后门被人拉开了，却是王土土。他大大咧咧地露出八颗牙齿，"士荃，我搭个便车。"

"王助理不是有自己的越野吗，我这车空间小，不够王助理驰骋的。""车去修了，去修了。"王土土一屁股坐进来，和司机开起玩笑，偶尔问王士荃一两句，王士荃都冷脸不应声。

会上，欧总宣布了一个既在王士荃意料中，又在意料外的消息，"根据公司发展需要，拟调任王士荃到公司总部任副经理，由王土土接任'华夏'分公司经理。"看起来王土土是早就心中有数，今天已经坐进了他的小轿车。但王士荃没想到自己被调进了总公司，他一直以为欧总并不看好自己。

掌声未息。王土土站了起来，笑嘻嘻的，露出十二颗牙齿的笑容，“感谢欧总的厚爱，不过还是让我这自小散漫惯了的粗人去撒野吧。”

众人有些如坠云雾中，王士荃冷眼看着王土土表演。王土土亮出一样东西，“我王土土打算自立门户了，这是刚刚拿到的营业执照，虽然公司小如蜜蜂，不过希望过两年能杂交出只麻雀，再过两年杂交出只凤凰。各位，兴许我这撒野的粗人日后还会与你们碰面，是合作伙伴还是竞争对手就不知道了，请各位手下留情，王土土今日在这里拜托了！”说完，他双手抱拳一揖。

大家似都没悟过味来，还是欧总率先鼓起了掌，向王土土伸过手去表示祝贺。众人围向王土土，王士荃趁这机会离开了会场，让司机打车回家，他开上车一路狂飙，上了出城的高速公路。

这一天，王士荃绕着城的外围跑了不小的一圈，其间接到欧总的电话、老婆的电话、秘书的电话、员工的电话，还有几个陌生号码的电话，他都没有接。独独没有王土土的电话。

深夜，他才回到自家楼下。刚下车，看到了靠墙抱臂而立的身影，那个身影迎上前来，“士荃，请你去吃宵夜吧。”

没想到，几年前的那个夜市摊依然开得红火，真不知它在一波波的城市美容整顿活动中是怎样幸存下来的。不过，夜市摊有了菜谱，王土土从老板手里接过来，直接递给了王士荃，“你来。”

王士荃看他一眼，菜名印在纸上，纸过了塑，不知是灯光晃眼，还是吹了一天风的眼睛发花，王士荃看了半天也没看明白一个菜名，他沉默不语地将菜谱递回给王土土。“好，还是我来，我对这熟。”王土土麻利地点了几个菜，“知道吗，我经常来这里，来这里就会想起原来在工棚里捂臭汗的日子，想起你找来工棚的那天晚上。生就的贱骨头吧，我居然常常想念住工棚的日子，流臭汗的日子。你知道吗，我们砌砖的时候常常放一个录音机在旁边，里面放的是弋阳腔，那种高亢的声腔别提有多提神。有时候我们也会粗着嗓子吼上两声，那个痛快……说这些，你可能不明白。”

王士荃几次欲言又止，沉默得太久，他似乎都不知怎么和这个汉子说话了。“士土，对……”

王土土竖起一只手掌，另一只手臂弯折在桌面上，埋下头，“你不用安慰我，我早就憋不住了，公司的气氛太压抑了，我经常坐在办公室里想粗着嗓子吼两声，可出来的音细细的，比蚊子声大不了多少，我骂自己，王土土，原来你也就这么个胆啊！我是打小野性惯了的人，这个你最清楚，感谢你让我捞到了第一桶金，有了这个资本，我相信在城里也能过上自己想过的生活……”

两人打车来的夜市摊。那晚，王土土喝得酩酊大醉，趴伏在王士荃的肩膀上，被他半拖半驼回的家。王土土在他的肩头喘着粗气，在行人渐少的街头粗着嗓门吼弋阳腔：

壮气冲牛斗，

乡心倒挂扬州。
四海无家，
苍生没眼，
拄破了英雄笑口。
自小儿牵门惯使酒
偌大的烟花不放愁，
庭槐吹暮秋……

王士茎捶打着他的肩膀，“走调啦，王士土你唱走调啦！”

谷子被选为了今年跳和合的男孩之一，他喜滋滋地向王士土汇报，王士土哈哈直乐，“好，你爸小时候和你士茎伯跳和合，那可是轰动得很啊！臭小子，你要青出于蓝而胜于蓝，等老爸回来教你两招。”

挂了电话，又马上追了一个过去，“谷子，和头首说，和你搭档的男孩别挑了，就是西瓜！你告诉头首，是王士茎家的西瓜！”

“这头首能答应吗?”王士茎听了笑。“不答应，咱就拿钱贿赂他。”王士土拿手击打方向盘，姿势豪迈得很，转念拿手搔搔头皮，“就不知道这深山沟沟里，贿赂这个事行不行得通啊，你也知道，头首那个老顽固啊！”还没说完，兀自笑得车连颠了几下。

谷子和西瓜舞上了和合仙官。两家大人根本没费力气，头首说现在的孩子都不怎么爱扮这个角了，嫌丑，你们家的孩子肯演那是好事啊！头首还说，像你们这样年年回乡的也不多了，不定什么时候这跳和合就再也不会跳了，和合仙官就成了墙壁上、箱笼里的摆设。

谷子和西瓜一起合练了四个晚上，谷子继承了王土土的做派，舞得英姿飒爽，西瓜有些放不开，一旁看得王士荃恨不能亲自上阵。他一本正经地教了一阵，王土土又滑里滑稽地点拨了一番，两个孩子终于舞得有些看相了。西瓜兴奋得晚上直说梦话，在梦里也手舞足蹈地，仿佛正跳着和合。

正月十四一大早，两个孩子就装扮好了。一身红色衣裤、腰身塞了个小枕头的是谷子，红衣红裤外面套了黑背心、白围裙的是西瓜。

谷子戴上了留平发的和仙面具，西瓜戴上了梳双髻的合仙面具。两人都是面上两朵大酒窝、细眉笑眼的喜气模样。

今天是到各家各户跳和合判的日子。同村王姓的和合班、聂姓的判神班组合在一起，走进各家先跳一段和合仙官，再跳一段判神小鬼，寓意辟邪纳吉。这是村里沿袭数百年的习俗。

王士荃与王土土一路相跟着。起初谷子舞得大气，西瓜舞得羞敛，渐渐地西瓜也放开了，两人你来我往，合上了节拍，竟是越跳越精彩，越舞越活泼了。

两个头大身小彩偶般的人儿，一立一跪，在密切的锣鼓声中，舞动着手中的毛笔、木筒，算盘、花巾。站在人群外围的王士荃与王土土时不时地相视一笑，他们仿佛回到了多年以前，抽身出来，看着人群中的自己活泼泼地跳着，舞着。时光仿佛实现了重合，可中间垂挂下来的那一截，却是再也回不去了……

寻找马耳他狗

小区门口贴出了一张寻物启事。用新衬衣里衬的白纸壳写的，保留领和肩的形状，远看像服装纸模。走近了，只见启事两个字架子撑得挺开，下面的字像几排痞气十足的兵伢子，站得歪头犟脑，笔画也粗。右下角，画了张四不像的动物图。

原来是它丢了。看到这张图的人，心里嘀咕一句。

启事是寻狗的，一条叫咩咩的狗。落款是三栋二门三楼 2 号户主。小区里养狗的有七八户，这条叫咩咩的狗却是非常出名。

咩咩的模样奇怪，像一只长须山羊，不过是袖珍型的。不是它的狗爹、狗妈基因错乱，将它生成了这个样子。咩咩被它的主人打扮成了一只“伪山羊”。它周身的长毛被主人推了个干净，只留下下巴颌那儿一撮长毛，远远看去，细腿瘦身的，长须髯髯，让人恍惚以为一只山羊跑进了城市，跑进了小区。可感叹来不及发出，就看清了，这是一只狗！黑乎乎、圆溜溜的湿鼻头，斗鸡眼似的一对圆眼珠，还有脚爪，都明白无误地说明了它是一只货真价实的狗。

这狗走到哪儿，都吸引人眼球。年轻人大叫一声，嘿，瞧这家伙，真像他妈的行为艺术品！老年人驻足，戴上老花镜细瞅，猛一退身子。吓，这是只狗不是？

至于狗们见了咩咩，如何感叹，无人知道。可明显的，咩咩很孤单。其他的狗起先也亲昵地绕着它打转，咩咩却直往主人身后躲，像小孩子认生得厉害，也像对自己的形象充满了自卑感。它嘴里发出含混不清的声音，细细的、弱弱的，乍一听像是小羊羔奶声奶气地“咩咩”。它的名字就是这么来的，在小区广为人知。狗们却集体商量好似的，对咩咩避之三舍。

俗话说人命各有不同，狗命原来也是不同的。咩咩是那么时髦、精致、香气习习，小区里那些成天在外撒野、浑身脏兮兮的狗没法比。咩咩是养在深闺的小家碧玉，只在固定时间出来露露面。露面更像是一场表演秀。咩咩光狗背心就数不清有多少套，棉布的、毛线的、皮毛的、丝绸的、网眼的、滚蕾丝边的，箍着它的细腰身，紧身衣似的，一天一换新。它脖颈上的绳套，换得比手机链子还勤。再配上那么一副与众不同的狗模样，咩咩和它的女主人成了小区的一道风景。

女主人看起来挺年轻，细皮嫩肉的，不论天晴天阴，眼睛都隐在狐狸眼式样的茶红太阳镜背后，衬得一张红唇性感妩媚，留给许多人想入非非的空间。她不爱搭理人，偶尔和几个常见的牌友打个招呼，也不过若有若无地点点头，嘴角向上微弯一弯。有人说这女人真漂亮。牌友在旁边“哧”一声，拖长语调，漂亮有鬼用！还不是给人家做小的命。

咩咩迈着优雅碎步，跟在女主人身后。女主人爱穿尖头、尖底高跟皮鞋，敲得水泥地面叮叮叮响。咩咩偶尔打花，眼睛跟着鼻子东一嗅西一嗅偏离了方向。叮叮声停下来，不待女主人说话，咩咩已经乖乖收回目光，紧跑两步跟上去。

每次走到小区门口第三根灯柱下，女主人停下来，咩咩开始绕着她转圈，花背心旋成七彩的弧。女主人有时候故意多等一等，咩咩就不停气地绕啊绕，边抬起头来巴巴地望着女主人，嘴里撒娇似的直“咩咩”。待女主人轻轻一声“去”，它得了赦令般急刹住脚，一串碎步小跑到灯柱前，稳一稳身子，抬起右腿，体操演员一样姿态优雅地保持住平衡。释放了内急，它抖抖身子，全身只剩下山羊长须一同抖了几抖，再迈一串碎步，小跑回来。

大约三个月前，这对组合里突然多出个第三者。一个年轻女孩，像是刚从乡下出来。和女主人、咩咩走在一起，她拘手束脚，仿佛浑身有小虫子在爬，眼睛怯怯地只顾盯着地面，茶色脸膛不知为什么涨得通红。她和女主人离了有五步远，和咩咩离了有四步远，不声不响地，像多出的一截尾巴。女主人停下来，转身对她说句什么，她急跑两步赶上前去，唯唯诺诺地点头。可转眼工夫，她又落下了四五步远。

有了她，似乎女主人找到了说话的理由。可女主人说起话来，不像她的形象那般绰约，声音粗而硬，像钉钉子，简捷、有力，一下一下往深里戳。不论她说什么，女孩都涨红脸点头。可女主人眉头始终皱得紧紧的，嘴角撇出两道不耐烦的纹路。

小区人饶有兴致地观察新三角组合。明显的别扭之中，又潜隐着某种趣致，让他们兴奋莫名。这种状态持续了一段日子，也没过多久，乡下女孩便融入了小区生活。她见了人总是先打招呼，大妈、大伯、大姐、大哥叫得人心里怪舒服的。她在小区里进出，买菜、拿干洗的衣服、取牛奶、买肉骨头、上报亭买杂志、在小摊上修鞋、发信、汇钱，小区人对她，竟是比对女主人更熟悉、更亲切。咩咩、女主人、乡下女孩再一起走出来，某种建立在新的平衡点上的和谐出现了。三位一体，成了小区人熟识的一道风景。

可现在，那只叫咩咩的狗失踪了。

小莲两天没吃饭了。肚子饿，可她不敢吃。女主人不让她吃。女主人不让她下厨，叫她一天到晚找狗。那个小家伙真是祸害人呵，它到底跑哪去了？

傍晚时分，小莲肚子里装进了一个烧饼和一杯清水。烧饼是她掏五毛钱买的。她口袋里只有前天买菜剩下的三块六毛钱，因为咩咩的事，心烦意乱的女主人忘了收回去，她也忘了给。她不敢乱花，可肚子实在饿，就不管不顾地先买个烧饼吃了。这样的日子，不知道还要持续多久。

清水是卖烧饼女人给的。都知道她在找狗。寻狗启事在大门口贴着呢。可大家都说没看见咩咩。它一定跑出小区了，迷了路。那狗扎眼，它肯定是跑远了，被人掳走了，兴许已经被人……卖烧饼女人的一番话，差点惹出小莲的眼泪。

小莲叹口长气，一脸愁闷。小区人吃过晚饭，纷纷走出家门散步，宠物狗也出来了，在主人身前身后撒欢，时而凑到一堆儿你追我赶，别提多欢实。小莲知道，女主人怀疑是她弄走了咩咩。天知道，她要那只又丑又懒又不好伺候的狗干什么，可女主人不信，在她眼里咩咩是天底下独一无二、举世无双的狗，人人都觊觎它，何况一无所有、穷得掉渣的小莲。

女主人对小莲下了死命令，不找到狗，就别想吃饭、睡觉。她唯一的一张存折也被扣在了女主人手里，上面是她进城一年陆续攒下的一千多块钱。还有身份证，也被扣下了。身份证是刚来这里时就被扣下的。女主人说，谁知道你会不会突然溜跑。她知道女主人这么说是留了情面的，她话里的潜台词是，谁知道你这穷鬼，会不会见财起心，偷了我家东西跑掉。

现在，女主人又说了，找不到咩咩，你这点钱连赔它的脚趾头都不够。小莲这才知道，咩咩是一条马耳他狗，国外进口的品种，昂贵得很。女主人嚷出这话时，眼睛瞪得老大，涂了暗紫色唇膏的嘴被愤怒拉扯成了一粒腐烂变形的美国提子。想到这儿，小莲不由自主望着夜空打了个寒战。

启事是她写的，好不容易翻出来的一块纸板壳，满屋子找了半天，也没见一支笔，她只好用刚进城时在地摊上花一块钱买的眉笔写了。字写得不好，画也画得不好，可她没办法了，她已经在小区附近转磨了两天，逢人就说，咩咩是一条马耳他狗，很贵的，你们看见了一定要告诉我。有人嘿嘿一笑，我说这狗怎么看着那么怪异呢，敢情是一条外国狗呵，难怪连哼哼都像说外语呢。卖烧饼女人好心提醒小莲，快别总跟人说了，再说，恐怕连咩咩的毛都回不来了。

小莲感到从未有过的无助。当初，她刚进城，同样在城里给人做保姆的小姨给她介绍了一户人家，一对中年夫妇带个孩子，三个人都是一身肥肉膘，赛过了她家养的猪。一天夜里女人上夜班去了，她正在洗澡，男人偷偷用钥匙打开了卫生间的们。她冲着莲蓬头，哼着歌，肥皂泡糊了满脸，一扭头瞥见一截木墩似的人影戳在那儿，手下一慌，肥皂水一下子迷进眼睛里，她的眼睛渍得又酸又疼，男人就在这时冲了过来。她闭着两眼，使劲地推呵搡呵，操起旁边不知是什么东西拼命砸下去，男人不动了。她胡乱抹开脸上的肥皂泡，忍着疼，看见男人被砸晕在了地上。她愣了半天，脑子里像被谁一把掏空了，什么也想不出来。回过神，她下意识地紧紧抱住了自己赤裸的身子……

后来回想起来，她都没闹明白，自己怎么可以那么镇定。她穿好衣服，将肥猪似的男人搬上床，将扯掉的浴帘重新挂好。进屋，她将房门仔细锁好，又拉过一把靠背椅将门抵死。睡了，一夜无梦。

第二天她起早做早饭，男人出来了，像什么事也没发生，额头上的青包被女人瞧见了，男人轻描淡写说，小莲昨晚缺德，睡觉前将卫生间门带上了，害他晚上起夜迷迷糊糊撞在了门上。女人狐疑地看一眼男人，又看一眼小莲。小莲埋着头，能感觉到男人和女人的目光都戳在身上，一个像柄锥子，一个像把剪刀。孩子进来了，小莲忙起身给他盛饭，躲开了锥子和剪刀。第二天她就走了，半月的工钱没拿，直接进了咩咩的女主人家。

那时，她可没觉着这么无助。可能，属于自己的东西都还在身上揣着，心安。现在呢，她两手空空，心也空了，只剩了一具茫然的躯壳。

对于咩咩，小莲没什么好感。在老家，狗是看门护院的，是人的伙伴、兄弟、助手。咩咩算什么？会跑会叫会喘气的玩具？她从小到大，没看见过这么会撒娇、这么弱气的狗，连叫的声音都是软绵绵的，哪有丁点狗的骨性。简直像个拿腔作调、靠人养活的女人——咩咩的女主人。

小莲从来不多话，碰见小区人拉着她问这问那，她也不多话。可在内心里，小莲瞧不起女主人。别看她每天将脸涂抹得像幅精致的画，光鞋子就装了满满两柜子，可她知道女主人心里闷。她经常租一大堆影碟回来看，一看一通宵。她喜欢看韩国、日本、台湾的言情片，看得稀里哗啦，眼泪喷泉似的往外冒，两手不停地扯纸巾，鼻子擤得赛过红萝卜头。不过，小莲觉得这时候的女主人没了平时的骄横劲儿，倒是可爱不少。

女主人喜欢一个人喝闷酒。猩红猩红的一盏酒，她咕咚咕咚就倒下了喉，然后整个人像面条一样软软地趴在吧台上，眼睛里水汪汪的。她让小莲也喝，陪她喝，小莲推辞不过，皱着眉咽下一小口。这么好看的液体居然这么难喝，小莲一口下去就再不肯喝了。她趁女主人不注意，偷偷用餐巾纸捂住嘴将酒吐了。女主人只顾自斟自饮，说喝多了好呵，飘飘欲仙，无愁无虑，一梦到天明。

女主人喝得迷离慵懒了，喜欢将咩咩搂在怀里，偎在沙发上，嘴里呢呢哝哝，像在哄孩子。咩咩懒洋洋趴在那儿，很享受的样子。时不时地，它懒懒掀开眼帘，瞟一眼小莲，嘴里含混不清“咩咩”两声，好像在说，瞧，你享过这样的福吗？

小莲特别不喜欢这个时候的咩咩，简直让人恶心。而这时的女主人，又显出一点可爱来，温情的可爱。她不再颐指气使，不再厉言厉色，她抚摩咩咩的样子，真的像一个母亲在爱抚自己的孩子。女主人和咩咩之间，怎么说呢？同病相怜罢了。只不过，女主人的喜乐靠一个远方的男人掌控，咩咩的享乐靠女主人赐予。

女主人常常偎在沙发上睡了。咩咩也睡了。三室两厅的房子，死一般寂静。刚来的时候，小莲怕女主人睡不舒服，将她摇醒，想扶她到床上去。谁知女主人一挥手臂，重重地扫在她脸上，火辣辣一阵疼。女主人还不解气，嘴里骂骂囔囔，“讨厌，干什么你！臭丫头，滚一边去。”

后来，次数多了，小莲知道女主人有失眠的毛病，躺在那张阔大摇荡的水床上，常常翻来覆去睡不着，睁着两眼到天亮。她喝酒，为了麻醉自己，换一个好梦。睡在沙发上，也同样是为换一个好梦。

一天，女主人突发奇想，让小莲睡到水床上去。她说想看看失眠的原因，是不是出在这张床上。小莲新奇又紧张地躺到水床上，这床可真大呵，人躺在上面，像在辽阔的水面上漂浮。水温柔地在身下荡来漾去，梦似的，小莲不知不觉眼皮就黏合在了一块儿。没等她睡沉，就听见女主人冷冰冰的声音在耳边响起，“好啦好啦，还以为真让你睡这啊。瞧你睡觉的憨样儿！起来，回你屋睡去。”

小莲被从梦乡边上硬扯回来，别提多不情愿，头昏且疼。女主人让她马上换掉床单。她没法抱怨，女主人的床单都是成套的，六件套，不仅换跑了小莲的睡意，还换出了她的一身大汗。

小莲换完床单，重新洗过澡，躺在自己的小床上，再也睡不着。瞌睡虫好像飞去了爪哇国。女主人也睡不着，小莲听见她在外面折腾，一会儿将电视机弄得轰轰响，一会儿浴室里传来哗哗的冲水声，一会儿她又敲门让小莲起来给她下面。小莲眼睛睁了一夜，望着天花板发呆。头一回，觉得身下的木板床不是天堂，床板硬得烙骨，床单也粗糙得磨皮。原来并不是天堂呵。

那晚，她想起了很多事，一桩桩一件件。中学时因家贫辍学，靠乡里人资助，她勉强读完了初中，就下了学。在家那一年，下田，喂猪，割草，耙粪，什么都干，赌气似的。心里总不甘，执意奔着小姨跑出来。这里是她做的第二户城里人家。原来出外谋生这么不易，原本瓷实实的一个人，浑身充满了力气的一个人，突然像了浮萍，无根无底，身不随己，趔趔趄趄往前漂。似乎还赶不上城里的一只狗活得滋润。想着想着，她恨起了咩咩。

换床单的时候，女主人一直抱着咩咩在一旁看她，不时伸出手来指指这指指那，抱怨她没铺平展。而咩咩，懒洋洋地打瞌睡，偶尔抬抬眼皮，很快又耷拉下去，活像个对眼前的一切不屑一顾的贵妇人。

小莲心里陡地生出恨意来。凭什么呀，它一条不劳而获的小狗。就凭它那狗不狗、羊不羊的丑样子？居然那么傲慢不通情理！

小莲开始故意折磨咩咩。当然背着女主人。她故意将狗食里只加一点点牛奶，撒上盐、白胡椒面，搅一搅就什么都看不出来了。咩咩知道，它埋头吃两口，抬起头拿黑眼珠盯着她。小莲的嘴角绽开一抹笑，心说，嘿，怎么样？好吃吗？咩咩低低地“咩咩”两声，埋下头，只用舌头舔了一舔，抗议似的提高声音叫起来，这一次倒是像狗叫了。小莲笑得更开心了。

咩咩的一盘狗食，基本上没动。小莲赶紧倒了，冲进马桶里，水一旋，踪迹全无了。两天下来，咩咩趾高气昂的劲头蔫巴下去，它一副可怜样儿蜷伏在女主人身边，有气无力地咩咩。女主人没心思管它，她正忙着煲电话粥。她在给温州老板打电话，语气含怨带嗔的，半是撒娇半是抱怨。“你是不是又迷上哪个狐狸精了，快活得早忘了我这个黄脸婆吧？哧，我吃啥干醋。你答应给我买的戒指呢，一心恒永久的那种……”

最近，温州老板很少过来。他在省城接了工程，住到那边快一年了，起先还一月回来三四次，现在两个月也难露一次面了。小莲来后，只听女主人说起过，却一直没见过这个温州老板。他似乎很有钱，女主人买东西随性得很，上千、上万的东西，连眼皮都不眨一下。小莲也知道，女主人并不是温州老板的正经老婆，他的老婆在温州老家，替他养着个十五岁的儿子。这些都是小莲从电话和牌友嘴里听来的。除非疯了，就是借个胆子给她，她也不敢向女主人去求证，且搁心里吧。

最近女主人变得心神不宁，脾气越来越暴躁。这也看不顺眼，那也看不顺眼，找点小事就拿小莲撒气，家里的东西都被她摔碎了好几个。小莲开始还心疼，想这么好的东西，她爸妈一辈子也见不上一两样，就这么被随手摔碎了。再一转念，反正女主人有的是钱，摔了再买呗，反正钱是温州老板赚的，钱也算得女主人的一个出气筒。

几天后，女主人收到一份特快专递，里面装着一枚钻石戒指。女主人将它套在手指上，喜滋滋瞧了半天，问小莲好不好看。人终于缓过点劲来，开始化妆打扮，忙着招呼牌友来家里打牌。

夜半，牌局才散。小莲和衣睡的，爬起来收拾屋子。突听得女主人一声尖叫，惊得她满手的茶杯差一点摔在地上。跑过去一看，女主人正抱着咩咩，满脸是泪。泪水像几条小溪从她描了眼线、搽了粉底、抹了腮红的脸颊上滚下来，带下来一串红红黑黑，鼻涕也挂到了嘴唇边上，将她的脸糊成了一张大花脸。

小莲从没见过女主人如此模样，一时想笑，却没笑出来。她也从没看见女主人这样悲切过。看影碟时她也哭，可那哭和眼前的哭是不一样的。女主人边哭边念叨，手一下一下抚摩着咩咩。“咩咩，乖咩咩，你这是怎么啦？啊，你是不是病了？你很难受吧？……”

小莲这才注意到，咩咩瘦成了皮包骨头。心说，这家伙可真不经事啊。小莲读书的时候，经常饿肚子，即使吃饭，也只有腌菜下白饭。原以为用牛奶、精食、肉骨头喂养的咩咩经得住饿，没想到才几天就脱了形。后两天，小莲心下不忍，还给它每天恢复了一顿正常狗食，可小家伙对盘里的食物生出了戒备，只拿鼻子嗅一嗅，舔一舔也不肯。小莲也没办法。

现在，趴在女主人手弯里的咩咩，气息奄奄，浑然一副无助又可怜的样子。小莲蓦地觉出自己做的实在过了，竟然拿一只小狗出气。她走上前去，凑近咩咩想看看它到底怎样了，谁知咩咩挣扎身子往后一缩，躲过了她的手。那双圆眼睛里，满是恐惧。

小莲心抖了两抖。她给咩咩倒来满满一盆狗食，加了足足的牛奶，咩咩看也不看，虚弱地抬眼看着女主人，低低地“咩咩”。女主人止住泪，抚摩它的背，将它凑近食盘，它扭开头，可怜巴巴地看着女主人。女主人的眼泪又出来了。她用手抓一点狗食，也不管汁水滴到了地毯、衣服上。“宝贝，你怎么都要吃一点，今天太晚了，明天妈妈带你去看医生，乖，吃一点……对，再吃一点……咩咩真是好样的……”

第二天，女主人起了大早，带咩咩去看兽医，回来时一脸的愠怒。她将小莲叫到跟前，闷声说，“怎么回事?”

小莲不明白，心里却慌得像有无数尖爪子在抓挠。她小心翼翼地，“什么?”

“我问你怎——么——回——事——!”女主人突然像只发怒的狮子，跳起身来，扯住小莲的头发使劲向下拽。小莲疼得眼泪一下呛出了眼眶。

“医生说咩咩营养不良！你该知道是怎么回事吧？没想到你小小年纪，竟然存了这份心思，你行呵你！”女主人气得脸都走了形，小莲觉得头皮仿佛被扯下了一块。

女主人以为小莲将狗食和牛奶，偷偷填进了自己的肚子。她觉得小莲这样刚从乡下来到城市的女孩，绝对做得出这样的事。要不，好端端的，咩咩为什么会营养不良？

小莲一句也没反驳，也没争辩。她噙着两泡泪，任由女主人拖来甩去，后来连泪也收了。从那以后，女主人将狗食和牛奶都锁了起来，每天由她亲自料理咩咩的一日三餐。她对小莲更苛刻了，不论说什么，说话的语调都保持在了高八度上。小莲每天买菜的钱，由她临时给，回来一样样报账，多的钱一分不少交回去。

小莲没有像第一次那样拔腿离开。不是满大街都有新工作等着她，而且，女主人开的工资确实诱人，月工资一千，环境和工作内容都单纯。虽说女主人待她是苛刻了点，可谁叫她鬼迷心窍想出那么个馊主意。要怨怨她自己！况且，她再上哪儿，去找这么划算的工作？

咩咩的失踪，女主人又怀疑是她做的手脚。不是她刻意弄走的，至少也是里应外合，将咩咩卖了钱或送了人。现在她恨透了小莲。从她待自己的那股狠劲，小莲就知道。但小莲不知道咩咩去了哪里，真的不知道。从那次以后，她再没恨过咩咩，她觉得咩咩也是一条小生命，很脆弱，你折磨它它都没法子反抗，没法子还手。小莲忘不了那晚咩咩的眼神，戒备的、怨恨的。从那以后，她甚至有些害怕这只只会咩咩叫的狗了。

那天，小莲出去买菜。女主人迷上了麻将，家里烟雾腾腾。女主人一边抽着摩尔，一边将麻将牌丢得啪啪响，连着两天彻夜不眠地酣战。小莲乏得眼皮直打架。麻将瘾正浓的女主人顾不上咩咩了，钥匙甩给小莲，让她喂咩咩。可咩咩看见小莲依然直往后躲，她准备的狗食，咩咩远远看着，趴在那儿，不往前凑。

她买菜时还特意给咩咩买了新鲜的肉骨头。回来一推门，发现虚掩着，屋里到处都没看见咩咩。她以为女主人的哪个牌友把咩咩抱回家耍去了，看着女主人酣战正欢，没吱声。半夜，牌局散了，女主人洗完澡，兴致极好地唤咩咩。唤了几声，没有动静。再一找，咩咩不见了。

接下来的两天，女主人像发了疯一样，满屋乱走，摔东西。看见小莲进门，就大叫，“咩咩呢，把咩咩还给我，还给我！……你回来干什么，找不到咩咩，你就不要回来！”

小莲真的不想再进那屋了，她怕看到女主人披头散发、大叫大嚷的样子。可她的衣服还在那屋里，她的存折、身份证都还在那屋里。所以，她得继续找下去，寻找那只叫咩咩的狗。

龙柱一眼看见了小莲。小莲坐在马路边上，眼睛痴痴地望着车流。他不明白小莲为什么会坐在这里。他以为见到小莲会很难。至少，他需要先敲开一扇防盗门，接受一双或几双饱含戒备的城里人眼睛的审视……最坏的结果是他根本见不到小莲。从小莲的小姨那儿拿到地址时，他就做了最坏的打算，可他没想到自己的运气这么好，一眼就看到了小莲。他甚至怀疑，小莲是不是接到了她小姨的通知，刻意坐在路边等他。

很快，他就看出了小莲的不对劲。她的眼神一片茫然，她坐在路边的样子与城市的街景、与川流不息的车流格格不入。他走过去，轻声叫“小莲”。一连叫了三声，小莲都没有回头。他不得不提高了嗓音，先前的三声，他都蹩着普通话，这最后一声叫得声音太大，太急，不觉中将乡音带了出来。他自己听着都不好意思了。小莲却浑身一震，受惊般回过头来。

眨眼工夫，小莲扑在龙柱怀里，哭得上气不接下气。在老家，他们的关系是微妙的隔膜，碰了面隔一步远站着说话，脸上含了笑意，羞涩的、腼腆的。可在人群中，两人的目光又总是不约而同地在寻找对方。龙柱没想到，换了城市的背景，他和小莲竟然会以这样的方式见面。她一下子扑倒在他怀里，不管不顾地，没头没脑地，就哭开了。他闹不清她哭的含义。心里却是甜蜜的、珍惜的。他小心翼翼伸出手，试探地抚摩小莲的肩胛、后背。他这才发现，小莲原来这么瘦弱。不少过路人扭过头来，看这对站在路边抱在一起的男女。

小莲好不容易止住了哭。止住了哭的同时，她也恢复了理智，赶紧从龙柱怀里退出来。龙柱出现得太突然了，她的理智反应不过来，感情先就不受控制地哭开了。现在好了，堵塞在她心里好几天的脓液都流出来了，她感觉好多了。

他们坐进一家餐馆。龙柱点了几个菜。小莲没怎么动筷，断断续续将事情的经过说了。龙柱的脸涨得赤红。“还有王法没有，咱们告她去。为一条狗，居然这么折磨人！”

小莲苦笑，摇头。

“那就没人可以管她了？她凭什么拿你的存折，狗丢了，又不是你的责任。干嘛这么白白被她欺负！难道，你要一直在路边坐下去？”

小莲的眼泪又溢满了眼眶。

夜色渐渐浓了。龙柱和小莲坐到了小区花园里。不远处的那扇窗口，大敞开来，亮着灯。不知女主人又在借酒浇愁，还是在砸东西发脾气。夜色如水，周围的人声渐渐稀了，嬉闹的孩子被大人领回了家。月亮挂在中天，大而洁白。两人静静坐着，不说话，任风轻轻地吹。

突然，小莲看见一个白色身影拐出了三栋二门门洞。她下意识地坐直身子，睁大了眼睛。是女主人！她竟然穿着白色的丝绸睡衣出来了。她走走停停，不时俯下身子，在路边的树丛里翻找着。小莲看出来了，她头发没梳，凌乱地披下来，遮了半边脸。一定是没见小莲回去，她干脆自己出来找了。

小莲赶紧拉着龙柱，躲到暗影里。远远地，小径上光线幽晦，披头散发的女主人白衣飘飘，一路且伏且行，一派失魂落魄样。乍一看，真像个半夜出游的鬼魅。

龙柱嘴一撇，“就是她？整个一疯婆子嘛！”

女主人寻寻觅觅着，拐上了右边的小径，身影被一排四季青挡住了。

小莲伸长脖子望着，手突然被龙柱抓住了。龙柱的鼻息声凑近她耳边，“我有个好主意……”

半年后，小莲在街边遇见了一只流浪狗，毛发纷披，参差不齐，白毛几乎成了黑毛。它正在垃圾堆里扒拉，毛上挂满菜叶子、碎鸡蛋壳、蒜皮和一些弄不清是什么的东西。它的一条腿似乎比其他腿短，走路一跛一跛的。小莲坐在摊前，呆了，连人家问鱼多少钱一斤也没听见。

她称完鱼，看见小狗还在垃圾堆里扒拉，有拾垃圾的过来，嫌它碍事，一脚踢过去，小狗哀吟一声，拖着一根骨头逃到角落里去。它歇在那儿，不急着吃，一双圆眼睛茫然地四处打量，嘴里低低地、似有若无地哼吟，声音是似曾相识的“咩咩”。

小莲一下子从小板凳上冲过去，将两边卖菜的吓了一跳。她走近小狗，和它对视，小狗的目光胆怯了，垂下头，不看她。不一会儿，它又抬起眼皮，眼睛一眨不眨望着小莲。那眼睛里，似乎有戒备，哀怨，乞求，也有慵懒，冷漠，高傲。

小莲小心地伸出手去，鼓励地望着小狗，小狗竟一动不动，任由她抱在了怀里。一瞬间，一些不太遥远的往事在小莲心底复活了。

小姨来看小莲时告诉她，女主人找过小莲。她被女主人的模样吓了一跳。那女人眼睛红肿，面色憔悴，一见面就非常没礼貌地质问小莲去哪了。小姨这才知道小莲离开了，再看女人那光景不太对劲，推说和小莲也不过萍水之交，并不知根知底。临走，小姨问女人到底出了啥事，女人表情恨恨地说，"她带走了我的咩咩。"

那段时间，女人仿佛失了魂，天天在小区里四处找狗。找了很长一段日子。后来她又买到一只狗，听说是名贵的外国狗，还是一只生下没多久的小狗崽，比巴掌大不了多少。几个月后，待它跟随女人出现在小区时，已经长得有半米高了。它一出现，小区人吃惊地瞪大眼睛，活脱脱就是咩咩嘛！一样光溜溜的身子，一样的山羊须。只是它低低叫唤的时候，有人发现，并不像咩咩。它也似乎比咩咩顽皮，没走几步就跑到路边的草丛里去了。女人停下来，微微猫下身，冲草丛叫上好半天，它才出来。他们听见，女人叫的是——咩咩，咩咩。

小姨还告诉小莲，听人说女人原是怀了孩子的，刚怀上不久，就被温州老板的原配知道了，不肯罢休，女人怕被起诉，那时新婚姻法刚出来，二奶是要受到惩罚的。她慌慌张张将孩子打掉了，找的是家私人诊所，医生没处理好，结果落下终身不孕。温州老板拿钱平息了原配的怒火，又在小区给女主人新置了套房，存折上加了五位数。可在很多人看来，女人不值，一辈子做不了母亲不说，温州老板的心也是拴不牢的……小姨说这番话时，小莲眼前晃动着女主人醉酒的样子，哗啦啦流泪的样子，气得瞪大眼睛的样子，白衣飘飘俯在树丛里寻找咩咩的样子……

那夜，小莲和龙柱潜回了女主人家，翻出存折、身份证和衣物。

小莲将钥匙留在了茶几上。她发誓再不踏进小区。从那以后，她真地没回去过。她绕到城市的另一头，几乎所有的生活都围绕在东城区这片菜场周围。她的生活平静有序。每天龙柱起大早去贩鱼，她坐在菜场里卖鱼。她很满足，觉得没有比这更好的生活了。现在，老天又赐给她一只狗。

这只狗洗干净了，有白而蓬松的长毛，唯一的缺憾是右边的后腿跛了。它一跛一跛跑动时，满身的长毛像一波接一波灿白的水，不断地向右涌去。

它每天跟着小莲出摊，晚上陪她收摊。回到住的地方，小莲将它洗干净，它喜欢躺在小莲怀里，闭上眼睛，嘴里低声地“咩咩”。那模样，真的很像小莲记忆中的一只狗。

龙柱也还喜欢。可他不喜欢小莲给它起的名字。他说一只狗，叫什么咩咩。真是的。

他喜欢问小莲，它真的是你曾经丢的那只狗?

小莲也说不清楚，她有时觉得像，越看越像。有时又觉得不像，越看越不像。可她觉得它就该叫咩咩。

咩咩咩咩咩咩——

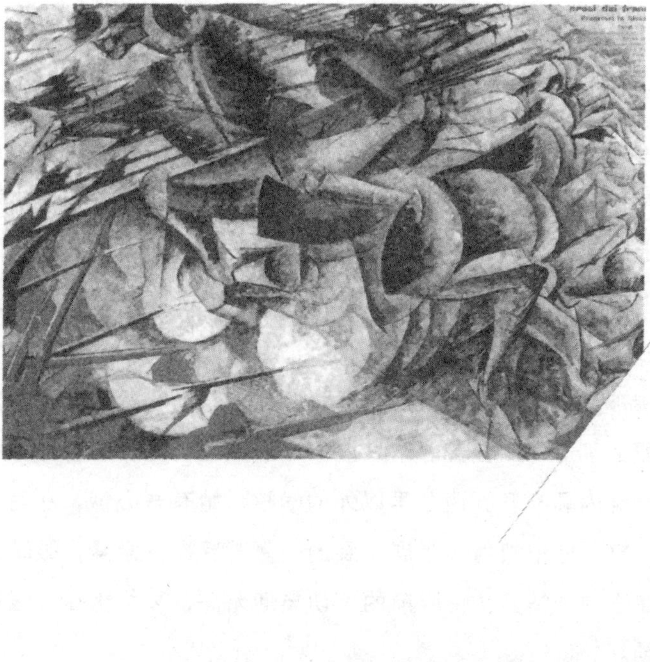

摩擦力

车开出地下车库，宋青芽立马发现，这个早晨稳妥不了了。她没想到雾气那么大，早知道就提前二十分钟出门了。米苏打不慌不忙的，床上赖了五分钟，早餐磨蹭了十分钟，临出门才想起还有本书没装进书包里。她不好催，闷声不响地等。等两人稳妥坐进车里，已经六点四十了。

车仿佛被包裹在一团蚕茧里，雾气还在不断地吐丝裹茧。车窗没几秒就蒙上了薄薄的茧壳。车只能一点一点往前蹭。宋青芽不能保证二十分钟内顺利开到两公里以外的学校，她有些心慌，从后视镜里瞧米苏打，他依然眉头半展不展的，薄嘴唇抿得紧紧，眼睛里却是满不在乎的神情，仿佛眼前的一切与他无关，又仿佛在与眼前的一切较劲。

宋青芽咬咬牙，将车速提到二十五码，不敢再提了，近旁的行道树都像了一抹抹朦胧的灰影。

忽地，茫茫白雾中横窜过一道凌厉的暗影，宋青芽一个激灵，急刹车，胸口撞在方向盘上，心脏仿佛要蹦出胸腔。恍一恍神，好像是一条狗。这大雾天的，路上连个人影、车影都没有，哪来的野狗。真是越急越添乱，宋青芽咬一咬牙，挂挡，抬离合器，松刹车，车又徐徐往前开起来。

米苏打的头重重地撞在椅背上，但他没吭声。宋青芽看表，六点五十三分，肯定赶不上了，心内反而松弛下来，望一望后视镜，“苏打，迟到了老师会怎样，要不要你爸给老师打个电话?”米苏打懒洋洋地“嗯”一声，这一声让人听不出是同意还是不同意，后果严重还是不严重。宋青芽等了一刻，咬一咬牙，拿出手机给米加山打电话。万一米苏打因为迟到被老师批评，她可担不起这个责任。

电话通了，费翔这个老男人唱得无休无止，“你就像那冬天里的一把火，熊熊火焰温暖了我的心窝，每次当你悄悄走近我身边，火光照亮了我……”无人接听。宋青芽按下重拨键，心里的焦急被歌声越撩越旺。前天说回没回，昨天说回也没回，今天还不知道会不会回，他难道不知她这边什么状况，还不急着回来救场?

“有人!”米苏打一声叫，宋青芽一惊，下意识地踩下刹车，车轮猛烈地摩擦地面，划一道弧线停在了路边。

“什么?”宋青芽的耳朵里灌满“你就像那一把火”的高潮部分，她有些茫然地扭过头问米苏打，米苏打已经一声不响地下了车。车一直开得平稳，不像撞上了什么呀，宋青芽推开车门，雾气立刻扑涌而上，她闻到了一股寒冽的尘埃的气息。

雾茫茫一片。车后约五米的地方有团灰影子，宋青芽走过去，只见米苏打微微佝偻着身子，他的脚下有团红乎乎的东西。再走近些，地上躺着一个人，宋青芽心尖一紧，尖叫被她拼命拦在了嗓子眼里。天啦，难道真撞了人？可是，车……

她扑到那团红色面前，是个头顶只剩几根稀疏头发的老人，这几根头发湿耷耷地贴在头皮上，透过顽皮流窜的雾气，她看见发丝下有一个肿起的包块。老人趴伏在地上，一动不动。一根拐杖斜戳在离老人头部三米来远的地方。浓烈的尘埃的气息塞满了她的鼻腔、口腔，雾气还在不断往里奔涌。雾气浓得让人回不过气来。

米苏打也蹲下身来。她求助似的看一看他，眼里带了疑问，“是我的车撞倒他？”可是米苏打不看她，眉头依然半展不展的，嘴唇抿得紧紧的。宋青芽小心翼翼地拿手指触一触老人，“大爷，大爷，您怎么啦，您有什么不舒服吗？”老人一声不吭，宋青芽不得不拿手托起他的脸部，老人双目紧闭，脸色像雾气一样浮白，但是还有呼吸。

宋青芽抬头望望路的东头，雾蒙蒙一片。再扭头看看路的西头，依然雾蒙蒙一片。这可怎么办啊？她急得想哭，可是，可是当着米苏打她不能哭，她得想办法。

电话响了，是米加山。谢天谢地，他终于来电话了！宋青芽一手托着老人的脸，一手颤抖着按下接听器，急促而简短地将眼前的情况转述给米加山，“马上拨打 120，记住在 120 来之前不要挪动老人，将他的领口松开，尽量让他保持呼吸通畅……”

在救护车到来之前，宋青芽已经冷静下来，她认真分析了现场，老人躺卧的位置紧贴着马路牙子，而她的车离马路牙子至少有两米的距离，只是在急刹车的过程中，她下意识地往右打了方向盘，车才沿一道弧线停在路边，车轮摩擦地面的痕迹应该可以证明这一点。而且，她察看过了，老人除了头部那个红肿的包块，身上没有明显的撞痕，衣服显得很干净，也没有擦痕。她还询问了米苏打，“你是什么时候看见老人的，我们的车没有撞上老人吧?”米苏打略皱一皱眉头，语气里带了惯有的不耐烦，“我也没注意，你不在给我爸打电话吗，就瞥见一抹红影子从窗外晃过去，再回头看时，就发现那红影子倒在了地上。”

“可是，我们的车没有撞上他……”宋青芽认真地看着他，他却不看她，目光虚虚地浮在雾气之上。宋青芽在心里叹一口气，将自己的围巾枕在老人的头下，将车上的一件外套盖在老人身上，又拉着米苏打在现场比划了半天。米苏打没有多话，表情如常，似乎这么严重的状况与他毫无关系。

世界寂静得仿佛可以听见自己的呼吸声，宋青芽感觉嗓子眼和胸腔越来越胀痛。救护车为什么还不来？有那么一刻，她后悔拨打了120，她完全可以逃，她确信自己没有撞到老人，她与老人的倒地昏迷无关。这一片茫茫白雾，恰到好处地遮蔽了一切，她完全可以逃，又有谁知道她到过现场？可是，可是她不能在米苏打的眼皮子底下这么做。而且，而且老人是一条生命，他还在呼吸。怎么能逃?

急速闪烁的红灯终于在七点三十六分出现在了世界的尽头，划破茫茫白雾而来。

医护人员果断地对老人进行了处理，临抬上车，一人拉住了宋青芽，“你一起去下医院。”“我，我不认识这位老人，我们只是开车路过……”“老人还没脱离生命危险，你必须跟我们一起去。已经通知了 110。”“他，他还要上学，已经晚了一个小时……”“他在前面学校吗，我们可以带他到学校，但是你，必须跟我们走。”

宋青芽回头看看米苏打，她也不知道这一眼包含了什么，希望他帮她辩解两句，证明她的无辜，或者强调由她送他去学校的重要性？总之她希望他开口，仿佛只要他一开口，就可以拯救她出这困境。可是，米苏打低头看着自己的鞋尖，任雾气在他的身前身后漂浮。

救护车在学校门口停下，将米苏打送进混沌的白雾之中。他头也没回，迅速地变淡、变淡，与白雾融为了一体。

车门无声地合上，阻断了雾气的进入。可宋青芽的心里依然满布了尘埃的气息，她沮丧地绞扭着双手，拼命压抑着嗓子眼里一阵紧似一阵的痉挛。她对这个老人一无所知，对即将到来的境况不知所措，老人就躺在离她咫尺的地方，意义不明地双目紧闭，鼻子里插了氧气管，手上吊了点滴。他仿佛是被一场大雾突兀地送来，送进了她本就复杂难名的生活。

昨天的晚饭，宋青芽做得很精心，西红柿烧牛腩，特地照着网上的菜谱，一丝不苟地做下来，还有肉末炒青豌豆，先用开水焯一遍，再下热锅炒，那豆子还带着清甜，蒸了鸡蛋羹，温水化蛋，惦着火候，盈盈嫩嫩的一盏。

可是，米苏打寡淡着表情往嘴里填塞，三下两下就撂了筷子，仿佛眼前根本没她这个人。往日有米加山填充在餐桌一角，还不觉得气氛有多诡异尴尬，宋青芽没指望看到米苏打的笑脸或听到他的赞美，他不说话，她在讪讪地说了两句后就住了嘴。两人无声地夹菜，扒饭，吞咽，喝水，每一个动作都摩擦得空气“嚓啦”作响。

米苏打搁下碗筷，迅速消失在卧室门后，宋青芽忍不住暗暗吐出一口气来。已经是第五天了，两人的状况没有丝毫改进，尤其在精心准备了这么一桌菜之后，她已不抱什么热望了，只盼着米加山快点回来，让她早点结束这份尴尬。

在厨房收拾时，她听见米苏打走出来，在客厅用座机打电话。和米加山。两人似乎在说一道题目，什么一个长方块上面搁一个小长方块，宋青芽起初以为是数学题，仔细一听不是，米苏打反反复复说着“摩擦力”。宋青芽知道，他们的物理课正在学摩擦力，这一节内容似乎让米苏打十分纠结。

米苏打的声音很大，什么如果用力拉动上面的小长方块，可不可以一起拉动下面的长方块，之中存在哪几种摩擦力，大长方块与桌面之间的摩擦力是忽略还是加入计算，小长方块与大长方块之间的摩擦力等于哪几种力之和或差……听声音，两人讨论热烈。宋青芽能想见米加山在电话那头娓娓分析的样子，米苏打也像是“活”了过来。这就是让宋青芽气闷的地方，米苏打一和米加山说话就表情正常了，而对她，永远是一副爱理不理、半死不活的样子。

从她和他见第一面时，就是这样。起初，宋青芽以为是青春期男孩的害羞或故作姿态，时间长了，才发现不是。她问过米加山，“苏打是不是怪你离开了他妈妈，然后将这份怨怪转移到我身上?”米加山不以为然，“我和他妈妈是我和他妈妈的事，我们是我们的事，怎么搅和到一块儿?我十四五岁的时候也这样，见到漂亮的女性心里想看，眼睛却不敢看，还要拼命装酷，我看啦，这小子也是这毛病，过两年顺了就好了。”

宋青芽并不这么认为，可她没有办法，她对米苏打示好，给他买衣服买手机买书买自行车买游戏机，米苏打都是一副油盐不进的样子。好在冷淡是冷淡，米苏打对她却没有刻意伤害的举动。这也让他们这个三口之家得以保持微妙的平衡，度过了况味复杂的一年。

宋青芽是在即将迈入二十八周岁门槛那年，认识米加山的。她来自鄂西北颇有神秘色彩的大山深处一个小镇，木鱼镇。自小跟着养妈在漫山的茶园里长大，采茶、炒茶、揉茶……她都是一把好手，可她偏偏对装茶的瓷器更感兴趣，考学又偏偏考进了千年瓷都——景德镇。课余的大部分时光，都被她抛洒在瓷器店和窑场里了，她自己也仿佛被塞进时间之窑的一件坯具，在不被人注意的空间里发生着缓慢而惊人的窑变。大学四年加上读研三年，瓷一直是她秘不示人的爱好，在同学眼里她很神秘，除了必须出现的场合，常常不见她的踪影。而她不是在瓷器店打工，就是躲在郊外一个窑场里，跟着一个年逾花甲的师傅画瓷、烧瓷、研瓷，数年时光在瓷的光影里倏忽而过。在窑场一间光线幽昧的屋子里，存放着她的瓷器作品，成功的、不成功的，手法生涩的、纯熟的，技法传统的、创变的，完整的、不完整的……这里收存了她与瓷数年间的耳鬓厮磨，由表里两隔到丝丝入扣。

当一个人将心力一点不余地支付给一样事物时，她就没有心力顾及其他了。宋青芽这个在旁人看来要模样有模样，要学历有学历的女子，莫名其妙地被生活搁置成了一个“剩女”。二十八岁的单身女子在城市，还不算多么突兀，背景置换成鄂西北大山深处的小镇，这已是相当糟糕的年纪，镇上许多和宋青芽同龄的女人，孩子都绕膝跑了。养爸养妈明里暗里催促，宋青芽从瓷的光影中恍过神来，身边的好多同学都名花有主或步入围城了，而自己身处一个陌生的城市，工作尚不稳定，常年租房而居，孑然一身，无依无靠，唯有对瓷的一腔热爱。难道真的和触感冰冷的瓷耳鬓厮磨一生？这反问让宋青芽惊心，却又不知该如何安置自己。

米加山是听行家介绍，摸去那个窑场的。许多名家发展轨迹不一，但溯流而上，居然都与这个偏居一隅的窑场有过交集。传说，窑场里年逾花甲的师傅手里，收存有许多名家尚嫌青涩时的瓷作。那时的名家们还资历不足、几无名气、囊中羞涩，窑场师傅以留瓷成全的方式帮他们烧窑，减免了不少费用，兼带着指点他们一二。有人成名后不屑于再提起这段局促时光，也有人对窑场师傅念念不忘，依然会送自己的瓷作来烧制。这也是这个偏僻窑场得以窑火不断的原因。

米加山就是冲着传说中的青涩之作而来。在他看来，有眼光的投资人不能只盯住“现在时”，还要把握“过去时”，任何名家的成长都是一条漫长的轨迹，收藏便是逆时间而上的追溯之道。

师傅有师傅的固执，他不认这些青涩之作的价值几何，有多少升值空间，在他眼里，这些瓷只是纪念的载体，是关于过往岁月的印迹。任凭米加山说破嘴皮子，他也不肯松口。米加山转念想打通窑场师傅身边的关节，找一丝松动基座的可能，比如那个时常出现在窑场师傅身边的女人，一点不像这窑场里的工人，也不像送瓷来烧的人，不言不语的，却又显得与这师傅十分熟稔。米加山猜想她也许是师傅的女儿，或某位亲戚。

宋青芽走出窑场没多久，就感觉后面有一阵风疾驰而来。一辆越野吉普车裹着尘灰开过去，突然慢下来，车内人摇下车窗，“你好，我带你进城吧。”宋青芽不看那人，摇一摇头。“不进城的话，也可以带你一段，这里走到大路还远呢。”宋青芽再摇一摇头。

虽然没看车上人，但宋青芽知道他就是那个来窑场找师傅买存品的人。宋青芽有幸见过那些存品，大多技艺还不圆熟，但有股拙拙的生猛之气、生动之息，师傅说换一种欣赏眼光，这些作品其实并不逊于他们的成熟之作，是真正靠内在驱动的作品，只是很多人已经忘记了自己早年的作品。师傅也说过，这个收藏人有眼光，只是他不会卖这些存品，舍不得。每一件存品里，存放的其实都是属于自己的时光。

“他知不知道自己在做无用功?”宋青芽看着扬尘而去的吉普车，有些同情地想。她理解师傅，就像她自己存的那些瓷作，很多可算是失败之作，她却舍不得丢。很多人的身体里其实都卧伏着一个吝啬而固执的收藏者。一旦迷于收藏，就难逃执念。宋青芽觉得这个男人还会再来窑场。

果然，米加山又来了，而且成了窑场的常客，还经常介绍生意过来。偶尔有朋友需要装饰酒店、宾馆、办公室的瓷板画、瓷瓶，他就介绍给师傅。一来二去，他知道师傅画瓷的手艺不赖，只是名气不响，而师傅身边那个叫宋青芽的女人，也会画瓷，笔底颇有灵气。更关键的，这里的瓷烧得好，少有废品。

宋青芽属慢热之人，像瓷。而米加山聪明地未用猛火，徐徐升温，直到炙热。米加山的聪明更在于他有耐心，不是追而是等，等瓷器自身发生窑变，生出光泽和异彩。人的初衷往往会随时间发生悄然的变异，当米加山已经搁下觊觎师傅存品的念头时，他对这偏僻的窑场渐生出了一种亲近之感，而宋青芽对这个男人也有了一种情感依赖。除了养爸和师傅，这是第三个让她在情感上生出依赖感的男人，尽管她对他的一切还所知甚少。

这时的米加山离异两年，相处过两个女人，但都没有将她们带到米苏打面前，觉得还不到那个程度。一度，米加山不能确定自己这辈子还会不会再结婚，所有的婚姻是否都是一样的变异过程，万般形态不离其宗？加上初恋，宋青芽是他走近的第五个女人。这时的米加山已有了足够的阅历，他发现看似同样拥有两个眼睛、一个鼻子、一张嘴的女人，其实是不一样的，就像被送进同一窑的瓷器，烧出的质感会不一样，发生的窑变也会不一样。宋青芽散发出的气息，是他喜欢的。离婚后相处的两个女人，也长得不赖，也算得优秀，却不是他喜欢的气息，她们陷入这尘世太深。气息这东西，没法说通透，却又如影随形，左右着人的情感按钮。

米加山与宋青芽第一次吃饭，是在窑场与师傅一起，三个人。与宋青芽第一次在城里餐厅吃饭，是在认识一年后，两个人。与宋青芽第一次在家里吃饭，是在一年零五个月的时候，三个人。

前一天，米加山就和米苏打说了，明天会有客人来。米苏打"嗯"一声，没有追问。米加山忙了一下午，黄昏时分满屋子氤氲着香喷喷的热气，米苏打忍不住跑进餐厅，"爸，什么菜这么香?"揭开锅盖抓起筷子想捞，被米加山拦住了。"爸，谁啊，这么郑重其事?"米苏打一撇嘴，笑得顽皮。"等会你就知道了，记住喽，对客人要礼貌……"米苏打不作回应，捻一颗蜜汁芸豆扔进嘴，窜回了卧室。

米加山在楼下等宋青芽时，特地打电话让米苏打等会儿开门，他忘了带钥匙。可门铃响后，门还是沉默地紧闭了三分钟，米加山不得不拨打米苏打的电话，他听见电话就在门后咫尺的地方响。这小子凑着猫眼还没看够?

门终于"啪"一声开了，只开了一条缝。推门进去，门后没有人。这小子搞什么鬼?米加山在心里嘀咕。他已经提前对宋青芽介绍过米苏打了，宋青芽还细心地给米苏打买了两本韩寒的书。本以后会是温馨的见面，被这小子搞砸了。米加山故作镇定地招呼宋青芽坐下，去敲米苏打卧室的门，"苏打，出来吃饭。"带了几分讨好的温和。里面传出懒洋洋的一声，"就来——"

两人在餐桌边坐好，红酒也醒得差不多了，米苏打还没出现。米加山不得不仰起脖子，“苏打，吃饭！”这次带了几分克制的严厉。米苏打这才甩着手臂出来了，鞋底“嗤啦嗤啦”摩擦着地面，一来就将头埋在电火锅上，“真香，什么好菜啊爸?”

“客人来了也不知道打招呼，这是宋阿姨。”米加山尴尬地冲宋青芽笑一笑，宋青芽也安慰似的冲他笑了一笑。米苏打懒洋洋地坐下来，依然不看宋青芽，嘴里滚出几个混沌的音节，“宋阿姨好。”“这孩子，大概做了一下午作业，饿坏了。”“我在玩电脑。”米苏打拿起筷子在火锅里捞起来，捞得兴师动众，捞得风生水起，眼睛不看宋青芽，也不看米加山。

米加山无奈，只好冲宋青芽再笑一笑，带了几分歉意。宋青芽面带浅笑，表情自然。米苏打自顾吃菜，也不和他们搭话，临了打个硕壮的饱嗝，“我吃饱了。”拿手抚着肚子进了自己的卧室。米苏打消失后，餐桌的气氛才陡然一变，米加山放松下来，“不好意思啊，这孩子，让我惯坏了。”“没事。”宋青芽淡淡说，又是一笑。

离开前宋青芽才将买的书拿给米苏打，算是告辞。米加山盯着米苏打，“谢谢阿姨。”“谢谢阿姨——”米苏打像含着枚热汤圆在舌尖上翻滚。等米加山送了宋青芽回来，发现书躺在卧室的地上，他心里窝一团气，想往外撒，可看着米苏打灯光下的背影，弯下腰将书捡起来搁在了桌上。

米加山知道米苏打有自己的反抗方式。还是在他和米苏打妈妈闹离婚的时候，米苏打每天看似平平静静地上学、放学，在他们相互间的冷战、争吵、敌视、厌倦、辱骂、戳戮中穿过去穿过来，仿佛视若无睹。可中考前的“一调”考试，他考了个总分 100 分，不是一门功课 100 分，而是所有的功课加起来 100 分。要知道，从初一开始，米苏打就一直在这所重点学校的尖子班的前五名之内，从来没出过年级前二十名。

老师将米加山叫到学校，几份卷子摆在他面前，每张卷子上都是大片大片的空白，偏偏最后、也往往是最难的那道题，米苏打完美地解答出来了。卷面书写整洁、干净。

米加山将这些试卷带回家，摆在米苏打妈妈面前。两个人长久地无语。这张试卷提前结束了两人“中国式离婚”的曲折进程，他们悄悄到民政局办理了离婚手续，但相约将假象维持到米苏打中考之后。离婚之后的两人，反而平和了。终于，米苏打以优异的成绩考进了省重点高中，米加山和他妈妈暗暗舒了一口气，商量决定由米加山来告诉米苏打真相。

米加山做了种种设想，也想好了种种对策，但让他意外的是，米苏打显得很平静，只说了一句“我知道了”。米加山并不放心，暗中观察，发现米苏打是真的没有太在意，对于他妈妈搬离这个家，对于父子两人并不周全的生活，他显得十分习惯，成绩也十分稳定，甚至偶尔还会和米加山开开玩笑。而米加山因为离婚的关系，总觉得对孩子有一份歉疚，对他也少了父亲的严厉，多了朋友似的随和。一次，年关，父子俩面对面喝了不少啤酒，米苏打显然喝多了，状态很嗨，米加山冷不丁地问他，“对于我和你妈离婚，你真的不介意?”

米苏打愣了一下，举起一根手指，在空中坚定地摇了摇，“我最怕的是你们争吵，冷战，彼此辱骂，那时候，我真恨不得自己消失，他妈的，我对自己说，我这辈子都不要像你们这样！”

那是米加山第一次听见米苏打骂人，可是他什么也没说，只是给米苏打的杯子里斟上酒，轻轻一碰，一饮而尽。

宋青芽重新坐进 110 警车时，两腿还在止不住地打抖。雾气还没散尽，像化了一段时间的雪，白中夹了隐约斑驳的污色。

车里还残留着冲鼻的酒臭。她不由自主地拿一只手捂住嘴鼻，按出米加山的号码。费翔唱得如火如荼，可是电话没有人接。那个满脸涨红的男人还在不停嘴地嚷嚷，好像这雾气只是粉笔灰，他挥舞几下手臂、嚷嚷几嗓门就可以将事实涂改掉。

幸好她的车停在原地，地上的擦痕可以证明她的清白。可是男人强词夺理，说即便不是车子直接撞到老人，也可能是撞到了拐杖，将没有防备的老人带倒了，头部触地导致昏迷不醒。要不好端端、健健康康的一个老人，怎么会趴到地上，这是雾不是雪，人难道会被软乎乎的雾绊倒……

任宋青芽怎么解释，他都不听，坚持自个儿的判断。他嘴里喷出的酒臭浓得雾气都化不开，宋青芽被熏得太阳穴一个劲地跳疼，那个看起来面相憨憨的胖脸警察不知是被他吵晕了，还是被熏晕了，竟然也开始认同他的推断。就是拐杖会向外伸，也不至于伸出那么远吧？况且她的车根本没撞上任何东西，连一下明显的震动都没有……如果这时米加山在就好了，他肯定有办法。也许，他说几句，打个电话，事情就解决了。可是现在、现在她被困在这蚕丝般的大雾里，惊慌失措，束手无策。他为什么不接电话？

“我有证人！”脑子里叮铃一下，颤抖顿时停止了，宋青芽深吸一口气，“我、我家孩子，早上和我一起，他可以为我作证。”

“多大？”胖脸警察问得冷静。“十四岁。”宋青芽激动得整个身子都在颤抖了，她怎么早没想到这个。

“孩子？你家孩子！那你们还不是串通一气，警察，这孩子的话不能信，你想想……”

胖脸警察将手上的文件夹举起来，挡住了男人的脸，“按规定，直系亲属的证词不能采信，况且孩子才十四岁。”“可是，警察同志，您一定要调查清楚，不能听信一面之词，当时就我和孩子……”“可是……”“孩子不是我亲生的，可不可以？”话冲口而出，连宋青芽自己都吓了一跳。

胖脸警察最终答应会去询问米苏打，但他的话不能作为证词，只能作为调查分析的参考，帮助他们分析事故原因、还原事故现场。男人提出要求，询问可以，但必须避开宋青芽，而且是马上去问，以免宋青芽和孩子“串供”。

宋青芽到“素瓷馆”时，步行街上还没几个人影。这大雾天气，逛街的人肯定少。她心不在焉地开门，心不在焉地拿着抹布抹这擦那，心不在焉地整理物品，差点将一个青花瓷瓶失手摔碎。男人和女人赶到医院时，老人还在昏迷中，医生要求做头部 CT 检查，女人急着去交钱，男人不许，逼着宋青芽去交钱，一口咬定她是肇事者。宋青芽找警察，警察说事情还没调查清楚，你们先协商解决。生命事大，万一老人有个三长两短，这事就更说不清楚了，宋青芽只好去交钱。在她的强烈要求下，警察带着她和男人一起去现场，女人留在医院照顾老人。男人一口咬定责任在她，他盯着警察作记录，临了，拿手指冲她一点，“我丈老头的事你要负责到底！你那店在步行街是吧，我去那里找你分分钟的事。”

米加山为什么不接电话？他难道一点不关心她的麻烦是否解决了？宋青芽觉得自己的心快要爆炸了。

手机在口袋里震动时，米加山一点也没感觉到。他的神经、他整个人都仿佛电光火石中的那块石头，正经受着力道凶猛的切割。铡砣飞速转动，“哗哗”的让人喘不过气来的声音将这个凌乱而空旷的车间填得满满的，满得每个人都感觉不到自己身体的存在了。米加山这次本来只是跟朋友来看看，长长见识的，没想到一口气没含住，脚一探出去，立马陷到了腰那儿，想抽身都抽不动了。赌石，以前他听人说过，像讲传奇故事，一瞬间的决定，可能狠赚上百万，也可能与数十万擦肩而过。人的骨子里是否都隐藏着一个赌徒，只待时机成熟就会现出原形？米加山身体里的赌徒就被这趟云南之行给唤醒了。

朋友先出手，挑的两方石头都不大，居然都有翠，只是这翠有大有小，其中一方石的翠只是狭薄的一层，另一方石的翠却窝在心子里，仿佛半抹八卦的形状，旁边还有零星的小翠面。翠隐藏在石头的身体内部，即使手里有专门的探测工具，也不能准确窥破内中一二。这才有了赌石一说。与其说赌的是眼光，莫如说赌的是运气。朋友说这一趟看来运势不错，借着这势头，咱再挑一个玩玩。

挑中的这方石块头巨大，朋友觊觎多时了，看品相似乎肚子里有货，花五百多块钱买的电筒看不到那么深，也看不了那么真，一窥之下恍惚有翠飘过，再欲捕捉时又不见了，但就是这恍惚飘过的一抹翠，仿佛勾魂的手指，勾出了人身体里的赌徒。石头开价高，高得吓退了不少人，物主说如今像这么大的整石不多了，且品相好得出奇，准定有货，他屯在手里还不舍得出手呢。

朋友自忖手中资金不足，邀米加山搭把手。米加山在这块石头跟前转了十多个来回，拿着电筒探看了不下百回，他似乎也看见了翠，还不只一抹，朋友说有的可能只是串皮翠，只有浅表的一点点，但这个大家伙看起来肚子里是有货的，我看好它，但主意得你拿，怎么样，赌还是不赌?

石头先浅表地剖了一刀，果不其然，没多深就见了翠。只可惜这翠不大，比鹌鹑蛋还小了一圈，但它的能量是巨大的，米加山兴奋得一夜没睡踏实。第二刀剖出来，落了空，啥也没有。朋友安慰说，这很正常，放心，现在还只是浅表的，下一刀我们略往深里剖一点。第二刀、第三刀……刀刀逼心，又零星露出两三块小翠，但期待中的大面积的翠却始终不肯出现，希望复失望，心情起起落落，一时火烹一时冰淬。行程一拖再拖，原本方正的一块大石已经被剖出了无数个棱面，朋友耐不住了，这每一刀的费用不菲啊，他决定铤而走险，居中直剖一刀。

铡砣初与石头相触时，石头仿佛在拚力拒绝，整个屋子都剧烈地震动起来。待进入一分后，噪声渐渐平稳下来，火花四溅，灼得人眼睛生疼，可米加山还是不错眼珠地盯着那道还未全然打开的裂隙，全然忘记了千里之外宋青芽面临的困局。

米苏打被班主任叫出教室时，离放学只剩下十分钟了。于是，很多学生目睹了一个警察和一个红脸膛男子与他谈话的一幕。

老师的眼神制止了很多学生好奇的脚步，但不能阻挡他们好奇的目光和猜想。红脸膛男子大幅度地挥动着手臂，让人感觉似乎他的巴掌随时会落在米苏打的身上、脸上。在胖警察和高大男子的映衬下，米苏打半埋着头，看起来弱不禁风，全然没有了平时傲视他人、不可一世的模样。有学生故意发出了尖啸声，米苏打眼睛没朝这边看，但他的脸慢慢红了，直红到了脖子根，眉毛也不自觉地拧了起来。

胖警察嘴里仿佛安了个弹簧，而红脸膛男子也没说过一句完整的条理清楚的话，似乎他的很多话都被手臂给挥舞掉了，这让米苏打弄了半天才明白他们来找他的原因。开始他还感觉自己有义务配合，毕竟他离开的时候那个老人还昏迷不醒，不知有没有生命危险，可是放学铃很快响了，无数的目光击打在他身上，他开始对男人不完整的表达和警察不清楚的问话有些不耐烦了。他不知道同学会怎么看这一幕，会不会以为他做了什么见不得人的事。印象中，还是前年有外校的孩子找来学校打群架，警察在校园里出现过。当他知道是宋青芽的提议，让这两个莫名其妙的人出现在校园时，他终于爆发了。不是电光火石般的爆发，而是将爆发紧紧地按捺在身体里，凭什么，这个女人，让他忍受这样的侮辱，就为了让她自己解脱吗？况且，他是真的不清楚当时的情况，红影子一划而过，等他回头时，老人已经趴在地上了。至于车身有没有震动，他没有注意到，似乎没有，又似乎有轻微的一下。为什么她没感觉到？她不是在给我爸打电话吗……

宋青芽给米苏打发来短信时，他已经坐在教室里了。宋青芽让他中午在学校附近吃点东西，因为她接到医院的电话，需要马上过去一趟，不能赶回家给他做饭了。米苏打简短地回了个“好”。他竭力不去想这件事，这是她的事，与他无关。

老人头部有出血点，是撞击所致还是自身血管破裂，医生似乎更倾向于后者，但男人不停挥舞的手臂，携带着一股生猛的气息，让医生的话语变得含糊不清了。“这个，我们也说不准，现在关键是怎么治，保守治疗还是马上手术，得你们拿主意……”

女人详细打听两种方案的利弊，男人却没有耐心，一个劲地催宋青芽交钱，护士又拿来了一沓单据，这检查那检查，这药那药，加起来破五千了。宋青芽像被押解的犯人，走在男人的前面，她已经不那么慌乱了，但是心很空，整个人都仿佛是空的，并不属于她，她只是机械地做着男人要求她的，刷卡，交费，签字，交费，签字。

某一个瞬间，她恍惚以为是电话响了，掏出来，不是，手机屏幕无辜地映出她的脸。

等到坐下来，宋青芽才觉得两腿酸软，面皮发紧。通向手术室的走廊，空荡荡的，只剩下她和女人、男人。女人递过来一瓶水，似乎带了歉意，“真是麻烦……”话没说完，被男人一伸胳臂拦住了，“瞎啰嗦什么，孩子还在家等着呢，你回去给他做饭。”“我打电话给邻居张姨了，让她叫冬儿去她家吃饭。”

窗外的雾色散得差不多了，阳光似乎想挣出来，却还被残留的丝缕裹缚着，恍惚不清。空荡荡的枝桠衬着白亮的底，像尖利的棘刺。

宋青芽靠住椅背，紧绷的身体在慢慢松软，回温。想想这个上午乱糟糟的一切，感觉像一个埋在雾中的梦，却又那么残酷地真实着。一股热流直奔眼眶，宋青芽掏出手机，盯视一刻，按下了米加山的电话。

宋青芽一离开，女人和男人就在住院部门外吵了起来。今天，女人一直没有机会单独和男人说这些话，她快被这些话憋疯了。

“如果不是那个女人的车撞的，你不能冤枉人家，你也知道爸最近一直说头疼，今儿一早……”男人习惯性地挥舞着他的胳臂，声音开始还克制，渐渐地就不管不顾地拔高了，“你有病啊你！你知不知道爸这个手术得花多少钱，这还没到24小时呢，已经一万三了，一万三呀，你就等着看那数字噌噌往上涨吧。我是为了自个儿吗，我还不是为了爸好，开得起宝马的人，有钱！你没看那女人，刷卡时眼睛都不带眨一下的，这不过是他们身上的一根毫毛罢了，对于我们，可就是整个家底。如果拿不出钱，这医院能给爸治吗，将爸半死不活地抬回去？就算不是那人的车给撞的，就算是爸自个儿发病的，不正好赶了巧，咱们就趁便给爸把病治好，这可是老天开眼，送上门来的好事啊！”

男人的话密不透缝，女人想插言，“可是……我们……这……”她的声音刚出口，就被男人给挥舞散了。她干脆噤了声，默下了头，两根手指在衣襟前绞动。

“现在，我们就是要一口咬定是这个女人肇事，老天成全，那么大的雾，路上没别人，就她和一个孩子，那孩子也说了没看清楚，警察现在是倾向于我们的判断，情况对我们很有利……你听我的，不要再啰里啰嗦了，理直气壮地向她要钱！”

“我们来做一个题。”宋青芽不容米苏打反驳，在纸上刷刷地画起来，一条直线、一个圆点、一个长方形、一道弧线。

“我们来分析一下，这条直线是人行道边缘，这个圆点是老人，这个是我的车，这个是刹车时留在地面上的摩擦痕。我在现场测量过，当时我的车行驶时离人行道大概有两米远，也就是离老人至少有一米多，因为雾大，车开得很慢，就算老人的拐杖比他的身体外移了一点，”宋青芽在圆点的旁边，再画一个点，“离我的车轮还有近一米，我怎么可能撞到它？”

米苏打不看她，一脸满不在乎的表情。冷不丁地蹦出几个字，声音很轻，“你在打电话。”“你的意思，我打电话时车走歪了？可是我的一只手一直稳稳地握着方向盘，不存在偏向的情况。”她盯视着米苏打的侧影，这孩子的侧影下半部像米加山，上半部像他的妈妈，特别是那双深凹的眼睛，像极了他妈妈。宋青芽很少去看他的眼睛，总感觉那里有另一个女人的目光。

“你真的觉得是我们的车撞了那个老人？”宋青芽望定米苏打，在“我们”两字上加重了语气，“老人还没脱离危险，医疗费只是一个方面，关键是我不能平白无故地背负一个伤人性命的罪名。”

末一句说得又硬又冷。老人从手术室出来直接推进了重症监护室，还不知能否平安闯过术后几关。本来男人要求宋青芽请个专业看护，女人制止了，说她可以照顾，而且重症监护室不能随便进人。男人这才作罢，但要求宋青芽将身份证押在他那儿，外加从银行取的一万块钱。宋青芽甚至没有反驳，也未加申辩，她急着赶回家。

一餐饭吃得寂静无声。宋青芽无声地扒饭，食不知味，米苏打半埋着头，自顾吃着。洗完碗，宋青芽推门走进米苏打的房间，径直坐到书桌边。米苏打有片刻的慌乱，匆忙将什么东西塞进了抽屉。这房间宋青芽一般只在米苏打上课的时候进来打扫一下，像这样与他面对面还是第一次。

她拿出纸和笔，没有征得米苏打的同意就在纸上画起来。她心里憋了一股气，从中午听到胖脸警察的一番话，看到男子愈发得意的表情时，这气就在她身体里开始积聚。她不明白米苏打为什么要那样说，他真的觉得是她的车撞了老人？

米苏打有那么一刻后悔过，在心里他其实宁可相信这个女人。回到家，看到她焦虑不堪、竭力隐忍的样子，眼睛下面突然冒出的黑晕，愈发苍白的脸色，让他觉得可怜。但宋青芽的举动出乎他的意料，这个从出现在他面前，就没大声说过话、仿佛虚影子一样的女人，突然以一种坚硬的姿态出现在他的空间里，不容他回避。就像当初父亲突然将她带进他们的生活一样，他有些微的不适和慌乱。他承认宋青芽画的现场符合真实情况，但是，他不愿面对她作出回答，也不知该怎么回答。他强迫自己挺直腰板，梗直脖颈，继续显出一种满不在乎的表情。

"阿姨只是希望你诚实地面对自己。"宋青芽等了漫长的一刻，没能等到任何回答。米苏打听见她的声音有些抖，心里软了一瞬，旋即绷紧了。她为什么要强行进入他的空间，谁给了她这样的权利？在宋青芽起身走出他的房间时，一声尖细的口哨声没有防备地从米苏打的舌尖冲出，吓了他一跳。

门锁撞响，米苏打顿时松塌下来，机械地在桌上倒转着钢笔。他不愿意承认自己恨这个女人，她对他不错，给他买吃的玩的穿的，做他爱吃的菜，陪他打球溜冰划船，可是她成了他父亲的影子，隔在他和父亲之间，也隔断了他母亲回来的路。他刚刚与父亲建立起来的世界因为她再次失去了平衡，父亲陪他的时间少了，和他说话少了，有什么事甚至交给她去为他办，很多次他想说"不"，可是知道说"不"的后果，他只能装作不在乎，慢慢地，他就真的不在乎了，没什么值得在乎了。

他其实知道自己对警察说的话会带来什么后果，可他就那样说了，不完全是一时的冲动，甚至是很久以来的预谋，他一直在等待时机。他上网查了，驾车撞伤人的种种后果以及相应的处罚，她没有肇事逃逸，可能只是赔些医疗费，他要让她吃点苦头。

手机震动。

"臭小子，你知道这事的严重性吗！"米苏打刚按下免提键，米加山的声音就在房间里炸响了。他慢悠悠地找出耳机，插上，房间里顿时宁静了。再慢悠悠地戴上一只耳塞，将手机音量调小，这样米加山的声音受听多了。他固执地不说话。"臭小子，你在听没有？"

米苏打从鼻子里"哼"出一声，不在乎米加山是不是听到了。不知为何，米加山的声音忽然软了下来，"苏打，爸爸这里遇到点事脱不开身，宋阿姨现在很难，很难过，你不要再给她添乱了。我们是一家人……"

米苏打挂了电话，嘴角升起一抹冷笑，状告得可真快啊。他轻轻打开房门，客厅漆黑一片。猫手猫脚走出去，主卧室门缝里熙出一线亮光，他走过时刻意停了停，隐隐听到了抽泣声，并不清晰。他故意开灯，将卫生间的门弄出很大的声响，再出来时，主卧室的灯已经熄了。他快速穿过黑暗而寂静的客厅，重重关上了自己的房门。

米加山的电话一直不通，直打到第七个，才有人接。宋青芽其时正泪水涟涟，泣不成声了。米苏打的那声尖细的口哨，仿佛从背后射来的一柄暗器。她回到卧室，仆倒在床，憋了一天的泪水终于喷薄而出，她竭力压低哭声，反而越哭越伤心，越哭越绝望。

嫁给米加山，她犹豫了好久，十四岁的孩子像已经烧成型的瓷。米加山安慰她说人的心不是瓷，是肉，是身体里最柔软的部位。就算是陌生人，都会被真情打动，更何况是朝夕相处的一家人。

可是，瓷比心简单明白。她一直不愿踏入社会，就是害怕面对错综复杂的人，面对纷繁复杂的人心。她曾问过米加山，为什么喜欢她。他说，你的心很干净，很透明。他为她开了“素瓷馆”，卖她做的瓷和他收集来的瓷。在就业艰难的今天，她觉得这是自己的幸运，同学们还在四处寻谋一份不错的工作，在人堆里拼得伤筋动骨，闯荡得脱胎换骨，而她可以简简单单地与喜欢的瓷相伴，保全一份素心做人。米苏打是她迄今面对的最难的课题。没有标准答案，也没有万全的答案，它们始终像雾一样飘浮在生活的辽阔与细微处。米加山说，我们是一家人。一家人意味着他们会相互取暖，相互依偎，相互支撑，也意味着他们之间比他人有更多的摩擦。万事万物都处在相互的摩擦中，逃脱不了摩擦的可能，然而，只有贴近的事物才会产生摩擦力，摩擦力会推动彼此，也可能相互阻碍。这是一种奇特的力量。一直以来，米加山夹在她和米苏打中间，靠他的摩擦来带动三人的互动，可是现在……

“你什么时候回来?”她哽咽着问。“我尽快，这里有点麻烦事绊住了，放心，我会找朋友摆平这件事……”

第二天，宋青芽打的将米苏打送到学校。她没再问米苏打什么，她知道这孩子也不容易。坐在“素瓷馆”里，她不时地看手机，阿弥陀佛，一直没有响。难道事情真被米加山摆平了？还是不能放心，不知老人情况怎样了，有没渡过医生说的生死关？犹豫再三，她还是拨通了男人的电话。“你电话来得正好，请你来趟医院，再送五千来吧。”男人口气倒客气，只是依然粗重，显得很急。

“我……”宋青芽刚开口，就被打断了，“医生说得上一种进口药，老人情况不好，在急救，不上这药怕是难过这一关……”宋青芽不敢耽误了，马上去店附近的银行取了钱，打的去医院。

老人确实在抢救。女人眼睛哭得红肿一片，宋青芽不忍心看，赶紧将钱交给男人，男人转身交给了护士长。

一阵忙乱，老人终于缓过来了。有护士走过来告诉女人，家属还要等一会儿才能进去看。宋青芽和女人坐在走廊的椅子上，不知什么时候女人的手握在了她的手里。女人冲宋青芽艰难地笑一笑，“真是……你是个好人。”

宋青芽不知该说什么，抿紧嘴唇，冲女人摇摇头。女人长长地叹一口气，抽出手来，抹了一把脸。两人长久地静默着，宋青芽扭过头，看见男人在走廊尽头的窗口那儿抽烟，不时地转过头冲这边看看。

宋青芽的卡上原本有 20 万，是米加山给她办的。她只取过 5 万，再没地方花这些钱，就一直存着，有时给米苏打买些东西。米加山的意思，这是给她的嫁妆钱，虽然她无父无母的，可这钱不能少。养爸养妈只肯收 5 万，他们说这个钱本来不该收的，他们养这些没父没母的孩子不指望得什么好，能将他们平平安安养大成人，就安心了。宋青芽说这钱留给弟弟妹妹，让他们多读点书。养爸养妈只供她到进大学，她靠申请国家助学贷款，和在窑场作瓷、打零工读完大学四年，读研三年更是没要过养爸养妈一分钱。养爸说她是这些孩子里最出息的，平时虽然不言不语，不争不抢，可是他知道她会有出息。

米加山第一次和她坐火车、转汽车去大山里看养爸养妈，养妈拽着他的手悄悄嘱咐他，“芽儿就托付你了，她是被弃过一次的人，你可不能再辜负她了。”这话是米加山后来告诉她的，他将她搂在怀里，她听着他的心跳。他的声音仿佛在胸腔里共鸣，“你我都是被弃过一次的人，我们一起好好走完下半辈子。”就是这句话，让她下决心嫁给他。

昨晚哭过一场，反而将心里的委屈给冲干净了，不管她有没有撞到老人，这钱用在救老人的命上，也许才是用对了地方。这么一想，就不觉得男人恶劣了，反觉出他有些可怜，还有这女人，回回欲言又止的，倒像是有些怜惜她。

临走，宋青芽特地和男人说，“钱不够了，就和我说，我送钱来。”男人倒愣住了。宋青芽看见他的眼睛里泛着血丝，今天显然没喝酒，脸色只有黑没有红了。

刚出医院，接到米加山的电话，说有朋友在插手这事了，应该很快就能解决。宋青芽在电话里不便多解释，只问他那边麻烦可解决了，什么时候回。米加山说会尽快。

那方大石已经面目全非，成了一堆大大小小的碎石。削下来的每一块碎石，朋友都用电筒反复地探看过了，生怕遗漏下什么。石头没法托运回去，只能就地解决，力求干净彻底。翠像雾气一样飘忽，让人琢磨不定。心里总存了一丝侥幸，也许这一块剖开就有了呢，反正大钱都费了，这点小钱还省什么。

反正宋青芽的事问题也不大了，米加山拜托的是一个搞刑侦的朋友，打包票说这事好办，已经找到负责这事的警察了，也摸到些情况，让他一百二十个放心。他就真的落下心来，埋头在那堆碎石头里查找“漏网之鱼”。

老人还在生死线上徘徊。可是，事情忽然倒了个个儿。

宋青芽接到电话，让她去交警大队一趟。到那儿，男人已经坐在屋里了，看见她，眼神重重地剜了她一下，就扭过头去，再不看她了。这让她的笑容落了空。这两天，她每天都会去两次医院，男人和女人对她都挺客气了，女人还专门留了自己做的米粑给她。

除了胖脸警察，屋里还有个瘦长脸警察。先是胖脸警察将当天调查的情况向双方说了一下，让宋青芽感到奇怪的是，胖脸警察这次采用了她的分析，车并没有撞到老人，也没有撞上老人的拐杖。老人是由于长期高血压，加上雾天气压高，导致突发性的血管破裂而倒地，与宋青芽的车无关……

宋青芽一直在看男人的脸。男人的脸黑沉沉的，没有一丝笑，手臂也不挥舞了，撑在腿上，两把大钳子似的。宋青芽忍不住了，

“警察同志，虽然我的车没有撞到老人，但是有可能是我的车突然从旁边经过，让老人受到了惊吓……”瘦长脸警察马上截断了她的话，“这个，宋女士，我们经过了细致深入的调查，那位老人这几天一直说头疼，出事那天早上又因为建新房的事，和他，”警察拿手指一指男人，“吵了几句，我们这里有他家邻居的证词，而且，医生也出具了证明，证实老人是脑血管突发性破裂，而非外力撞击所致。”

瘦长脸警察望着宋青芽的眼神透着几分热切，宋青芽的嘴微微张开来，她扭头看看男人，男人沉埋着头，看不清表情。她再看看瘦长脸警察，后者微笑看着她。这难道是米加山说的“解决”？可是，宋青芽还想努一把力，“我还是应该承担责任的……”她的话再次被瘦长脸警察打断了，他的语气显得有些急促，“这个，我们是靠事实说话，实事求是地办理，你不仅不需要承担责任，之前支付的医药费，对方也应退还。”

男人就是在这时候猛地抬起了头，他的手臂再次挥舞在了空中，比之前的任何一次都夸张，用力，“狗屁的实事求是！你们是串通一气！”

宋青芽惊得跳起来，想向男人解释，又想向警察解释，瘦长脸警察已经一个箭步跨到她身前，将她挡在了身后。她听见男人在咆哮，“你们不要以为收买了几个人就可以编造事实，颠倒黑白，退还？狗屁退还！狗屁警察……”几个穿制服的警察冲进屋子，宋青芽不得不退到了靠近门口的墙边。

几个警察簇拥着男人走向门口，经过宋青芽时，男人忽然奋力啐了一口，“你有本事，臭娘们！我偏不退，偏不退！”

宋青芽只觉得面上一热，粘粘答答的一团。她愣在那里，半天没回过神来。男人的声音越来越远了，从旁伸过一张餐巾纸，是瘦长脸警察，笑脸亲切，“嫂子，没事，你不要再和对方接触了，这事我们会帮你圆满解决的。”

宋青芽愣愣望着他，没说出一个字来。

瘦长脸警察开着她的车将她送回家，一路上说了什么她都没听进耳，男人依然在她耳边无休无止地咆哮，咆哮。在“素瓷馆”里坐立不安，想想，还是关了门。她的车停在街边，未办理任何手续就被领回了，可是她看着它，感觉是那么陌生。她还是拦了辆的士，去医院。

男人一看见她就要扑过来，被女人死命拦住了。男人的手臂比在交警大队挥舞得更加猛烈，话语像子弹一样扑过来，“臭娘们，装什么假惺惺的样子，和警察串通一气，你以为你有几个臭钱就了不起啊，退还，没门……”

宋青芽没能说一个字，再次落荒而逃。她的心怦怦直跳。为什么？事情在向有利于她的方向发展，她应该高兴才是，警察证实了她的清白，可她却是那么不安，比撞了人更加不安。

这一天过得混混沌沌，总觉得有什么事情会发生，宋青芽很想打电话给米加山，可是不知道他的麻烦解决没有，也不知道该怎么和他说，终是没打。一夜没睡踏实，第二天一早她送了米苏打，就开车去医院。

老人的病床空了。她问值班室的护士，护士说刚接班，只知道老人昨晚被家人接走的。“老人度过危险期没有?”护士摇摇头，“不知道。”

宋青芽一把拽住她的袖子，“麻烦你翻翻病历。”“你去问医生吧，我们不清楚。”宋青芽奔进医生值班室，没有人，问了几个护士，都不知道医生在哪。正是交接班过后，护士们都在忙，没有人耐心搭理她。她软塌塌地走出病房，在住院部门前的草坪上蹲下身来，近在咫尺的草叶上，还挂着透明的露珠。她久久地站不起身来。

她很想问问警察，男人和女人家住哪儿。可是知道难得到答案。头晕沉沉的，她没有去“素瓷馆”，而是直接回了家，一到家就扑倒在床上。

电话铃炸响时，宋青芽奋力从梦魇中挣脱出来，她梦见了铺天盖地、浓稠如痰液的大雾，紧紧地紧紧地包裹住她，让她没法呼吸，没法呼喊，没法动弹……电话是米苏打打来的，带着哭腔，“阿姨，救我!”一个粗重的声音截断了他，“你听着……”

宋青芽脑子里有片刻空白，但是很快，她反应过来：是男人!是他的声音没错。

她不待男人说下去，“你不要伤害他!我不要钱，不要你退还，还差多少，我都给你，一定给你!求求你，千万不要伤害他!千万不要!”

宋青芽听见一个陌生的尖利的声音在喊。她将嘴凑近电话，拼尽了全力。

男人在电话那头发出了仿佛带着几分鄙夷的笑声，“钱？你以为几个臭钱可以买来一条命吗？你知不知道，你害死了他！是你害死的他！”

男人不肯给她辩争的机会，挂断了电话。宋青芽捧着电话，回拨，发疯般地回拨，可是无人接听。

“嘟——嘟——”声一直响着。线路通着。可是无人接听。

她颤抖着手指拨打米加山的电话，拨打胖脸警察的电话，拨打男人的电话……

米加山赶最早一班飞机，在深夜抵达。看到宋青芽的一刻，他下意识地调转开目光。

内心的自责仿佛一只无情粗暴的手改变了这个女人的面容，眉眼还是那个眉眼，可倾斜的角度、呼应的方式、敏捷的程度，都被这一突发事件给改变了。

迟疑一下，他有些心疼地搂住了宋青芽。宋青芽在他怀里颤抖着，说不出一个字来。

在米加山往这座城市赶的时候，警察已经开始了行动。他们动用最先进的技侦手段，并没有太大难度就确定了米苏打的方位，准确地说是确定了米苏打手机的方位，在城乡结合部一间闲置已久的空屋子里。绑匪居然没有将米苏打的手机关机！可是，警察不能确定米苏打的手机和他本人是否待在一处，也不知道绑匪是否待在那间屋子里。自从宋青芽接到米苏打的电话后，不止米苏打的手机没有再打出电话，连男人的手机也没有任何通话记录，而且关了机。

空屋和女人，都已经被警方监控。女人并没有表现出太大的反常，她在忙着丧事。而空屋木然无声地呆立在野外，没有任何人影出没的迹象。这让警方不敢贸然行动，在没有彻底摸清底细之前，很可能因不当处置导致绑匪狗急跳墙而失去理智撕票的悲剧。他们的策略是等待绑匪先沉不住气，再次主动联系。

丧事？宋青芽从米加山口中听到这一从警方反馈的消息，眼睛倏地睁大了。丧事？那个家里除了男人和女人，就是老人和孩子。难道……？

米加山无心回答她的疑惑，他现在一门心思担忧的是米苏打的安危。万一米苏打有什么不测，他看着眼前这个在一夜之间被险讯折磨得脱了形的女人，心里忽然间一股酸流漫过，渍得五脏六腑生疼。他一遍遍叮嘱朋友，一定让警方高度重视，确保孩子的安全。只要孩子平安，他什么都愿意做。

市公安局局长特地过问此案，这使得警力调配进一步升级。绑匪迟迟没有消息，夜色一点一点浸透了这座城市。最终，解救行动定在深夜 12 点进行。屋子四周空旷，白天行动的话，可能还没靠近就会被绑匪发现。行动前，警察进行了周密的计划，分析了现场的几种可能，并制定了应对措施。

当全副武装的警察冲进屋子时，屋内一片静谧。一片月光呈三角形斜戳在屋子中央，让这份静谧带上了几分凌厉之气。进入屋内的警察很快发现，米苏打侧身躺在屋角的一张草席上，面部冲墙，双手双脚都被捆住了。屋内不见男人的身影。

警察屏住呼吸，小心逼近到草席边时，听见了米苏打发出的轻微鼾声。确认没有任何异常后，一位警察才伸手将米苏打拍醒。米苏打迷迷糊糊地睁开眼睛，仿佛被眼前戴着大盖帽的警察吓了一跳，发出一声惊呼。

站在门外等待消息的米加山听见了这声惊呼，奋不顾身地冲了进去。他看见米苏打站在屋子中央，月光清晰地勾勒出他还未发育完满的身形，他的手脚被几根麻绳捆绑着，这使他的模样看起来有几分古怪。

看见米加山，米苏打有片刻迟疑，但还是清晰地叫了一声，“爸。”米加山不顾一切地扑过去，将米苏打紧紧搂在了怀里。

解救居然如此轻易，这让警方大大地松了一口气，看来这个绑匪毫无经验，白费了他们这么多警力和脑细胞。勘察现场时，有警察注意到，在草席旁靠近米苏打头部的地方，放着几瓶插有吸管的纯净水和几个米粑。

警察随即赶到男人家里，男人并不在家，女人满面惊恐，最终说出男人去了临市她父亲的老家，为了老人临终前的几样嘱托。警方连夜奔赴临市，很快将男人抓获归案。

米加山接米苏打回家时，米苏打似乎还沉浸在亢奋状态，兀自喋喋不休。他说，男人并没有伤害他，只是用绳子捆住了他的手脚，让他躺在地铺上，实际上即使男人不捆他，他也不打算逃跑，他明白男人为什么要这么做，可是他知道男人不会伤害他，因为男人和他说话的语气一点都不凶，甚至带了点，米苏打眯起眼睛斟酌了一会儿才找到合适的字眼，带了点忧伤。米苏打还说，女人做的米粑很好吃。男人拿给他的时候，米粑还是暖乎乎的，他太饿了，一口气吃了五个。

米加山这个大男人，听到这里不知怎么，再忍不住，眼泪奔突而出，他一个急刹将车停在路边，侧过身将米苏打紧紧地搂住了。这是几个小时之内父子间的第二次拥抱，带着让这个大男孩很不习惯的力度，勒得他几乎呼不过气来，他勉强配合了几秒钟就挣脱了。

米苏打没有说，实际上他很喜欢这场历险，甚至觉得它还不够刺激，不够过瘾，不够长久。他知道，这话只会让他爸更加伤心。一路上喋喋不休的米苏打，走进家门看见躺倒在床的宋青芽时，忽然噤了声。他似乎被她的模样吓了一跳，又似乎他该说的已经全都说完了。

米加山赶制了一面巨大的横幅和一面锦旗，分别送到了主办此案的市局和派出所，并送去了厚厚两沓慰问金。这是一桩功德圆满的案件，各方欢喜，除了男人和女人。

男人被抓到时，辩解说他并没想怎样，只是气愤难平，想关孩子几天让宋青芽着着急，让她受到惩罚。女人抓住警察不肯放手，说这都是她的错，是她失去了理智，让男人这样做的，因为眼睁睁看着父亲病重却无法救治的痛苦太强烈了。这一次，宋青芽没有迟疑，态度坚决地要求米加山出面，让警方放过男人。她说，都是她的错，是她没有保护好米苏打。

老人是在回到家第二天去世的，在米苏打被找到的前天夜里。女人为老人办了简单的丧礼，哭得观者无不动容。男人将米苏打带到小屋后，就直接奔往老人的老家，去完成他未了的心愿。

米加山悄悄托人送给女人一笔钱，为了让宋青芽安心。可女人坚决不收，只是一个劲地说，“求求你，放我的男人回来吧，都是我的错……”

得知老人去世的消息，宋青芽就真的躺倒了，镇日昏睡。脸色愈加苍白，表情空茫如雾。即使男人被放回家的消息，也没能让她振作起来。米加山心疼地看着她，在心里祈求老天爷，请让这个女人好起来，不要让她离开他。

他亲自去菜场，亲自熬了鸡汤，让米苏打端给她。米苏打没有言声，双手捧了，端到床前，闷声唤“阿姨”。变声期的嗓音带了几分奇怪的尖锐的沙哑。

宋青芽慌慌地挣扎起身，接过鸡汤，喝了没两口，眼泪刷刷地砸下来，落在油黄的鸡汤上……